경기도의 예인과 장인

경기문화재단

이 책은 경기문화재단 경기문화재연구원이
경기도의 고유성과 역사성을 밝히기 위한 목적으로 발간하였습니다.
경기학연구센터가 기획하고 전문작가가 탐방·취재·집필하였습니다.

문화예술 분야에 평생 종사한
경기도 무형문화재 보유자의 삶과 예술을 기록으로 남기고자 하는 목적으로
기획하였습니다.

내용은 개인 생애사를 통하여
경기도의 현대화 과정과 특정 전통분야의 세계를 엿볼 수 있도록 구성하였습니다.

대상은 경기도 지정 무형문화재 보유자 57명 중에서
고령자이면서 장인의 삶을 고집스럽게 지켜온 인물을 대상으로 삼았습니다.

| 차 례 |

목수 팔자에 승부수 던진

김순기 장인

경기도무형문화재 제14호 소목장 김순기

수원 소재 '김순기창호전시관'

김순기 장인을 만나다.
- 1mm를 크게 따지는 직업이 이 직업이죠.

숨이 턱턱 막히는 폭염 날씨에 수원 팔달구 북수동 48번지에 자리 잡은 김순기씨의 창호 공방을 방문했다. 미리 전화를 드린 터라 큰 키에 다부진 몸매의 김순기씨(77세)는 서글서글한 목소리로 우리를 맞이했다. 공방은 소나무향으로 가득했다. 벽면에 걸려있는 여러 문양의 창호들, 각양각색의 연장들이 눈에 들어왔다. 한정식 집에서 주문했다는 아담한 크기의 창호등도 수십 개 놓여있다. 역시 장

목수 팔자에 승부수 던진 김순기

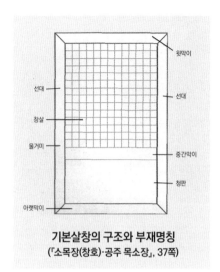

기본살창의 구조와 부재명칭
(『소목장(창호)·공주 목소장』, 37쪽)

인의 솜씨는 무언가 다르다는 것을 단번에 알 수 있었다. 유심히 창호등을 살펴보고 있자 김순기씨는 멋쩍다는 듯이 이야기 하셨다.

"이 나이에 쉬면 뭐하겠어요? 심심풀이로 이것이라도 만들어야죠."

'김순기창호전시관'은 공방 바로 옆에 위치해 있었다. 본인이 만든 여러 문양의 창호로 꾸민 전시관은 외관부터 남달랐다. 띠살, 정자살, 빗살, 완자살, 아자살, 꽃살창에 이르기까지 종류별로 전시한 창살 문양은 그 조형미와 정교함에 입을 다물지 못할 정도였다. 또 창호 공방 위층에 자리 잡은 김순기씨의 가정집도 창호박물관이라고 해도 부족함이 없었다.

"창호 중 최고로 치는 것은 꽃살문이죠. 완성된 꽃무늬 하나를 만들려면 여러 조각을 깎아 결합해야 해요. 모양대로 깎아 간단하게 붙이는 게 아니라 사개물림[1]과 엇갈

---

1) 목조이음의 하나. 부재를 가공해서 서로 끼워 맞추는 이음법으로, 간단하고 철물 등을 사용하지 않아도 튼튼하게 맞추어지기 때문에 널리 쓰이는 이음법이다.

리게 물리는 방법으로 문살을 만들어 결합해야 해요. 그
래서 1mm를 크게 따지는 작업이 바로 이 작업이죠."

완성된 꽃무늬
하나를 가져다가 결
합하는 과정을 설명
하는 김순기씨의 얼
굴에는 직업에 대한
진지함과 고집이 묻
어났다.

다양한 전통 창
호 형식 중 가장 대표
적인 것이 바로 '살창'
이다. 원래 살창은 세
로 살만 설치하고 창
호지를 바르지 않는

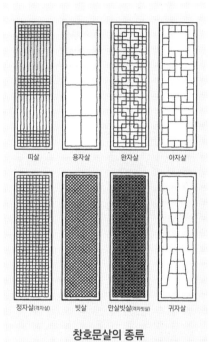

띠살 　 용자살 　 완자살 　 아자살

정자살(격자살) 　 빗살 　 만살빗살(격자빗살) 　 귀자살

창호문살의 종류
(『소목장(창호)·공주 목소장』, 38쪽)

가장 단순한 형식의 창호를 의미했지만 오늘날엔 창살이 있는 모
든 창호를 통칭하여 살창이라고 한다. 살창의 특징은 창살의 선과
선이 교차하여 만들어 내는 구성미, 여백의 아름다움 자체로 빼어
난 조형미를 형성한다는 점, 창살 사이사이로 비치는 빛과 그림자
등 살창을 사이에 두고 자연과 소통할 수 있다는 점이다.

살창은 기본적으로 창울거미와 창살, 청판으로 이루어지는데, 뼈대라고 할 수 있는 울거미는 양옆의 선대와 윗막이, 중간막이, 아랫막이로 구성되며, 보강재의 구실과 함께 장식도 겸하는 청판은 더러 생략되기도 한다. 창살은 살대를 조립한 후 창울거미에 끼워 맞춰서 창호를 완성하며, 완성된 창호를 창틀에 설치한 뒤 창호지를 바른다. 각 창살이 형성하는 문양에 따라 띠살창, 완자살창, 정자살창, 빗살창, 소슬빗살창, 격자빗교살창, 꽃살창 등으로 나뉜다. 각종 창살은 창호의 이목구비라고 할 수 있으며, 나아가 건축물의 성격과 이미지를 완성한다.[2]

꽃살문

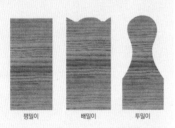

평밀이　　배밀이　　투밀이

살밀이 종류
(『소목장(창호)·공주 목소장』, 67쪽)

창호의 살짜임새는 그 짜임의 모양에 따라 여러 가지 의미를 나타낸다. 용자창用字窓, 완자창卍字窓, 귀자창貴字窓 등은 모두 길상吉祥을 뜻한다. 또 창호는 어떤 건축물에 설치하느냐에 따라 그 종류가 결정되기도 하였다. 살창은 부엌에

2) 국립민속박물관 외, 『소목장(창호)·공주 목소장』 민속원, 2011, 37쪽.

창호는 조각을 만들어 퍼즐을 맞추듯이 제작한다.
한 치의 오차도 허용하지 않는 정교한 기술과 숙련이 필요하다.

설치하였고, 띠살창, 용자창, 완자창, 아자창 등은 주택과 궁궐의 침전寢殿을 비롯한 내전과 사찰의 요사채에 설치하였다. 반면 꽃살 창호는 궁궐의 정전正殿과 사찰의 대웅전 같은 여러 전각에 설치되었다. 다시 말해 창호의 살짜임새는 건축의 격을 상징했던 것이다.

또 김순기씨가 자주 이야기하는 투밀이, 배밀이, 골밀이, 등밀이(평밀이) 등 용어는 울거미 속에 짜 넣는 살대들의 단면 모양, 즉 살밀이 종류인데, 주로 살밀이대패를 사용하여 살대의 모양을 낸다고 한다. 등밀이(평밀이)는 가장 단순한 마무리로서 살대의 단면이 장방형이고, 골밀이는 살대의 단면이 하나의 골을 이루는 것에 비해 배밀이는 두 줄의 골이 지게 한다. 다듬질에 가장 공이 많이 들어가는 것은 투밀이로 살대의 전면과 양 측면까지 모양을 낸다. 그

목수 팔자에 승부수 던진 김순기

래서 투밀이가 가장 격이 높은 건물의 창호에 주로 쓰였다.[3]

목수의 길에 들어서다 - 대목장 스승을 만나다

경기도 안성군 양성면 노곡리가 고향인 김순기씨는 초등학교 졸업 후 14살에 목수의 길에 들어섰다. 한국전쟁 직후인 1955년은 굉장히 배고프고 어려운 시기였다. 또 가족계획정책이 실행되기 전이라 아이들도 많았다.

> "동생하고 형하고 몇 형제가 한반에 같이 다니거나 아예 학교에 안 보내기도 했던 시절이죠. 50여명이 한반에서 졸업해도 중학교 가는 아이들이 몇 명 없었어요. 중학교 가는 애들은 보통 부자 집이라고 해서 보내는 것이 아니라 부모가 유식한 집은 보냈죠. 그래서 초등학교 졸업하고 나면 서울에 친척이 있는 사람들은 우리 아이 기술 좀 배워 줘 하고 부탁해서 보냈어요."

그 당시 최고로 선호하는 직업은 양복점이었다. 사진관도 인기가 있어 서로 가려고 했지만, 목수는 찬밥신세였다.

---

3) 주남철, 「한국의 문과 창호」, 대원사, 2001, 15쪽; 52쪽 참고.

김순기 창호전시관의 내부

"대장간은 늘어서 잘 살고 목수는 깎아서 못 산다"는 옛
날부터 전해서 내려오는 이야기가 있잖아요. 발레리에서
한 아주머니가 '수원에서 목수일 배우러 오라는데 우리
아들도 싫다하고 나도 목수가 못 살아서 보내기 싫고 하여
안 보냈어.'라고 말하더래요. 그렇게 옛날에는 목수들이
잘 못 살았죠. 그래서 우리 어머니가 바로 '그럼 우리 애

김순기 장인의 작업 노트

목수 팔자에 승부수 던진 김순기

보내줘요.'하고 얘기해서 주소를 얻게 되었죠. 우리 집에서 오산까지가 40리가 넘었는데 그 곳은 안성군 하고 용인군 하고 분계에 있었어요. 그래서 오산까지 걸어가서 차타고 수원에 가서 그 집을 찾아갔어요."

어린 김순기씨가 찾아간 곳은 수원 이규선씨 문하였다. 이규선씨는 수원에서 알아주는 대목장이었다. 이규선씨 스승은 인간문화재 도편수 임배근씨다. 임배근씨는 숭례문 보수를 담당했던 대한민국에서 알아주는 도편수였다. 임배근씨 문하에는 아들 임덕창씨가 있고 이규선씨도 임덕창씨와 함께 배웠다.

대목들은 한 가지 기술만 가지고는 안 되고 여러 가지를 모두 할 줄 알아야 했다. 그 당시 목수 10명이면 6~7명은 문짝을 짤 수 있었다. 그래서 건축현장에서 대목 소목 구분 없이 일을 했다.

"목공소가 별도로 있었던 것은 아니예요. 집을 짓다가 문짝이 필요하면 '너하고 너는 가서 문짝을 짜.'하면 그 집 마당에 있는 작은 헛간에 가서 문짝을 짰어요. 문짝을 다 짜서 달고 나면 또 다른 집을 짓고 있어서 가서 일을 하다가 또 문짝 짤 때가 되면 들어가서 문짝을 짜고 그렇게 일을 했지요."

조선시대의 목수, 목장과 편수

건물을 새로 짓거나 수리하는 일에 종사하는 사람을 목수木手 또
는 목공木工이라고 한다. 목공일은 대목과 소목으로 구분되며 이

가운데 대목일을 하는 목공분야의 기술 총책임자를 대목장이라 고 한다.

대목일은 건물의 주된 골조공사(기둥, 보, 도리, 연목, 추녀, 사래, 창방, 평방, 공포 등)를 하는 일이고, 소목일은 수장공사(창호, 난간, 가구, 조각 등) 를 하는 일이다. 대목이나 소목에 장匠을 붙이는 것은 장인이란 말 에서 연유된다. 장인이란 물건을 만들거나 창안하는 사람을 말한 다. 주로 궁실, 성곽 등을 짓는 목수를 궁궐목수라 하였으며 민가 를 짓는 목수는 일반적으로 목수라고 하였다.

조선시대 건축의 관장기관은 6조六曹 중 공조工曹였다. 공조는 산택山澤, 공장工匠, 영선營繕, 둔전屯田, 도야陶冶에 관한 업무를 담당

남한산성 내행전

하였다. 공조의 소속으로는 영조사營造司(토목건설관리), 정야사政冶司(공예품 도량형관리), 산택사山澤司(산림, 소택, 목재, 궁궐의 정원 등의 관리)가 있었으며 그 사무가 공조에 소속된 관청으로는 상의원尙衣院, 선공감繕工監, 수성금화사修城禁火司, 전연사典涓司, 장원서掌苑署, 조지서造紙署, 와서瓦署 등이 있었다.

경국대전經國大典 공조의 내용을 보면, 공장工匠은 서울과 지방으로 나누어 서울은 경공장京工匠, 지방은 외공장外工匠이라 하였고, 각 공장工匠은 장적匠籍을 작성하여 중앙과 지방의 관청에 보관하였다.

목수 팔자에 승부수 던진 김순기

윤보선 대통령 생가

　　사천私賤(개인에 의해 사역되고, 매매, 상속되었던 노비)은 공장에 소속시

키지 못하였고 나이 60세가 되면 공장역工匠役을 면제받았다. 공장

工匠 가운데 관청의 건축공사에 종사하는 공장은 선공감에 소속되

었는데, 선공감에는 21직 346명이 있었다. 지방의 외공장에는 선

공감에 소속된 인원보다 훨씬 적게 한두 명을 두었는데 이들은 관

청내의 일부 기물을 수리하는 정도에 불과했던 것으로 추정된다.

　　또한 국가에 중요한 공역公役이 생기면 임시기구로 도감都監을

설치하였다. 도감의 총책임자는 도제조都提調이고 그 밑에 제조提調,

도청都廳, 낭청郎廳, 감조관監造官 혹은 정사正使, 부사副使, 전교관傳敎

최규하 대통령 생가

官, 기타 직책을 품계에 따라 결정하여 현직의 관리로 겸직하게 하였다. 공장工匠은 이들의 하부조직으로 편성되었는데 실질적으로 설계를 하고 시공을 하는, 기술적인 일은 대목장들의 임무였다. 세종 남대문 수리공사시에는 대목장에게 사직司直이라는 관직이 주어지지도 했고, 또 성종 남대문 수리 시에는 대목의 관직을 어모장군(정3품)이라는 무관武官계에 올렸으나 실제는 종9품인 부사용이었다.

고려부터 조선시대에 이르기까지 목수의 명칭은 대장大匠, 공장工匠, 장사匠士, 대목大木, 도대목都大木, 부대목副大木 등이 있었다.

목수 팔자에 승부수 던진 김순기

경복궁 소주방

18세기 이후부터는 대목大木이란 명칭이 사라지고 편수邊手가 등장하게 되고, 최고 책임자도 대목장에서 도편수로 바뀌었다.

관영공사 시에는 도편수 밑에 각 부문별로 세분된 편수가 조직되었는데, 고종 때 서울 흥인지문의 대목기구만 보더라도 목수편수木手邊手를 책임자로 하여 그 밑에 각 직종별로 공답편수貢踏邊手(공포부재를 만들거나 짜는 목수), 연목편수椽木邊手(서까래를 짜는 목수), 수장편수修粧邊手(창호 등 소목일을 하는 목수), 단청편수, 조각편수, 선장소임(나무배를 만드는 목수로 자귀질에 능함), 목혜편수(나막신을 만드는 목수로 깎기에 능함), 기거소임岐鋸所任(톱일 등을 하는 목수), 가칠편수假漆邊手, 석수편수石手邊手, 야장편수冶匠邊手, 정현편수正炫邊手(전속목수)가 편성되었다.

사원공사 시에는 부편수를 두고 그 밑에 장인이 조직되었다.

광화문 창호작업

도편수를 한자로 도편수郡邊手 또는 도편수郡片手로 쓰이는데 전자는 관영공사이고 후자는 사원공사 시에 붙인 명칭이다.[4]

이처럼 역사적으로 창호장은 항상 대목장이나 도편수 아래에 편제되었음을 알 수 있다. 이런 체계는 현재에까지 이어졌던 것 같다. 1955년 14세에 목수의 길에 들어선 김순기씨는 대목장 이규선 선생 아래에서 대목일과 창호일을 함께 배웠던 것이다. 이것이 자산이 되었다고 김순기씨는 자랑스레 말하곤 한다.

---

4) 이상은 국립문화재연구소 편, 『중요무형문화재 제74호 대목장』, 국립문화재연구소, 1999, 9~21쪽 참조.

꽃 교살문

가난, 끈질긴 근성이 동력이 되다.

어린 김순기씨가 처음부터 목수 일을 즐겼던 것은 아니었다. 14세
에 이규선 대목장 밑에 들어가 처음 일을 배울 때는 일 하다가 너
무 지루해서 '해가 왜 이렇게 길지?', '누가 나한테 극장 표 한 장 안
주나?' 하고 생각했던 적도 있었다고 한다.

> "그렇게 3년을 보냈어요. 왜냐하면 연장부터 모든 명칭이
> 일본말이다 보니 무슨 말인지 도무지 알아들을 수가 있
> 어야죠. 그렇게 3년이 지나니까 그 말들이 귀에 들어오기
> 시작했어요. '이부노미 갖다줘.'라고 말하면 '이부노미'가
> 무슨 뜻인지 알고 제대로 가져다주게 된 것이죠. 그 때부
> 터 선생님이 "너 이거 한번 해 봐." 하고 일을 배워주기 시
> 작했어요. 그 때부터 재미가 붙은 거예요."

화성행궁의 모든 창호는 김순기 장인이 도맡아 제작하였다.

그런데 처음부터 쉬울 리가 없었다. 선생님이 하시는 것을 보고 그대로 따라하려고 수십 번을 반복해도 잘 되지가 않았다. 그러면 밤을 새워 가며 하고 또 하고를 반복하여 마침내 선생님 하신 것과 비슷하게 만들어 놓았다. 그러고 나서 이튿날에 그 공법 원리에 대해 선생님께 여쭤보곤 했었다. 그의 이런 끈질긴 근성이 그를 장인의 길로 들어서게 한 것은 아닐까?

배우는 과정 또한 그렇게 쉬웠던 것은 아니었다. 배울 때 구박을 많이 받았냐고 물으니 그는 이렇게 답하였다.

"누구나 할 것 없이 배고픈 시절에 모두 구박받으면서 일을 배웠죠. 근데 다른 사람들은 망치로 맞았느니 그런 얘기를 하는데 나는 매를 맞는다든가 뼈에 사무치는 욕을 먹는다든지 그런 적은 없었어요. 단 고통스러웠다면 그 당시 성장기인데 주는 밥이 항상 배가 고팠다는 것이죠."

목수 팔자에 승부수 던진 김순기

14세에서 23세 군대 가기 전까지 이규선 선생 댁에서 먹고 자면서 일을 배우던 그는 일 년에 딱 두 번, 일감이 없는 여름장마 철과 눈이 많이 오는 겨울철에 집에 가서 얼마간 쉴 수 있었다고 한다.

자신이 제작한 창호로 꾸민 보유자의 자택, 그 자체가 창호전시관이다.

"일이 없을 때 시골 내려가면 우리 어머니가… 우리 집이 논 한마지기 밭 한 떼기 집 한 채 없이 찢어지게 가난했어 요. 거기에 내가 5남매의 맏이였고요. 그런데 내가 시골 내려가면 우리 어머니가 찹쌀을 어디다가 숨겨뒀다가 해 주는지 모찌를 해 줬는데 모찌 하나가 주먹만큼씩 했어 요. 그러면 앉은자리에서 열 개를 먹는다구요. 하하하"

그는 그 시절을 회상하며 호탕하게 웃었다.

"23세이1964년에 군대에 입대했는데 그렇게 좋을 수가 없었어요. 밥도 제때에 배불리 먹을 수 있고 잠자리도 좋고 여기서 일하기보다 훨씬 낫은 것이었어요… 그러니까 그 전에 얼마나 고생스러웠으면 군대 훈련소가 좋았겠어요?"

이렇게 어려운 시절, 그가 버틸 수밖에 없었던 것은 찢어지게 가난한 그의 가정형편 때문이었다.

"집에 가면 일하기 싫었어요. 남의 일을 품으로 해야 하니까… 그 당시 우리 동네가 산골짜기이어서 벌목을 했어요. 그래서 산에 가서 나무해서 새끼 꽈서 져내려야 했죠. 우리 동네가 백여 호 되는데 초등학교가 동네 중앙에 있었어요. 중학교 안 간 애들은 초등학교 가서 공차고 놀고 그러는데 나는 그런 걸 못하니까 부럽고 그랬지요. 그래서 고향에 돌아가는 게 싫었어요. 그러니 건축현장에서 이것해라 저것해라 시켜도 오도 갈 데가 없고 집에 가면 밥 먹을 데도 없으니까 여기서 묵묵히 일을 할 수 밖에요. 그런데 지금 와서 생각해 보니까 내가 제일 잘 배운 것 같아요. 문짝을 배웠지만 한옥 짓는 대목일까지도 다 배웠으니까. 그 때는 잘 몰랐는데 군인 갔다가 와서 복공소 차려서 하다보니까 내가 대한민국 최고의 기술을 갖고 있었죠. 렝게톱이라고 그것을 해 본 사람이 내가 마지막일 거예요… 또 손으로 구멍 뚫는 사람도 내가 마지막이구요. 허허!"

호탕하게 웃는 그의 얼굴에는 자부심이 어렸다.

목수 팔자에 승부수 던진 김순기

목공소를 차리다.

김순기씨가
군대를 제대
하고 나오니
북수동 212
번지에 있던
목공소 문이
닫혀 있다.

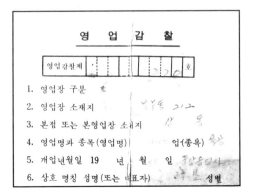

전라도 광주에서 올라와 목공소를 운영하던 사람이 운영이 어려워
지자 집세도 안 내고 야반도주를 했던 것이다. 김순기씨는 그 당시
장리쌀 2가마니를 얻어다 주인에게 주고 그 자리에서 일을 시작했
다. '중앙목공소'라는 상호로 영업감찰(사업자등록증)도 냈다. 그때 그
의 나이가 26세였다. 그 당시 재료로 구입한 나무 한 수레, 기본적
인 연장 두 벌이 밑천의 전부였다. 그래도 수원에서 이름을 날리던
소목장 이규선 선생에게 10년 가까이 배운 기술이 든든한 뒷받침
이 되었다.

그런데 그 당시 자신보다 목수일을 먼저 시작한 선배들도 많
아 일감이 그에게 들어올 리가 없었다. 행운은 노력하는 자에게 따
른다고 했던가? 1967년에 경기도청이 수원으로 이전하게 된다. 도

청이 내려오니 수원에 집장사들이 집을 짓기 시작하였고, 그로 인해 일감은 물밀 듯이 들어왔다. 그래서 그는 밤낮 없이 일만 했다고 한다.

"그 당시는 이미 한옥은 거의 짓지 않고 주로 '브로꼬'나 벽돌로 집을 짓고 양기와를 올렸어요. 사람들은 지붕 골 대를 삼는 것도 공법을 몰라 지붕 한복판에 나무막대기를 세우고 올렸다 내렸다를 반복하다가 서까래를 겨우 '가꾸목'으로 걸곤 했었죠... 나는 창호를 배워서 웬만한 목수보다도 잘 짰어요. 그래서 최고의 권위자보다도 돈을 더 받았어요."

김순기씨는 70년대와 80년대 개발의 바람을 타고 일감이 밀려들어 재미를 제법 보았다. 심지어는 술김에 문짝을 부수고는 이튿날 새벽부터 찾아와 빨리 문짝 만들어달라고 졸라대는 사람들도 제법 많았다고 한다. 특히 명절만 지나면 주문이 밀릴 정도였다. 그러나 한옥이 점점 줄어들면서 전통 창호의 제작 주문은 주로 사찰이나 법당, 향교, 사당에서 들어왔다.

그의 이력사항을 보면 1969년 경기도 용인시 성불사 사찰 창호제작을 시작으로 현재까지 대략 사찰과 암자 90곳, 향교 및 서원 22곳, 사당 및 재실 32곳, 생가 및 가옥 15곳의 창호제작 및 보수를 진행하였다.

좋은 창호는 좋은 재료에서 나온다.

"좋은 창호는 첫째는 재료요, 둘째가 기술이예요. 좋은 나무가 있으면 무조건 다 사들였죠."

예로부터 최고의 건축자재는 백두산 소나무, 경북 울진, 봉화 등지에서 생산하는 춘양목이다. 춘양목은 100년, 200년이 지나도 나무의 결을 그대로 유지할 뿐만 아니라 조직이 치밀하여 아름다운 무늬결을 지니고 있고 섬세한 조각이 가능하다. 또한 은은한 향과 빛깔이 오래간다. 현재 춘양목은 멸종 직전이라 간신히 보호받고 있고, 극소수의 생산품은 궁궐 보수에 사용되고 있는 현실이다.

김순기씨가 맨 먼저 정성을 들이는 것이 나무 찾는 일이다보니 좋은 나무가 있으면 열 일을 제쳐두고 찾아 나서기 일쑤였다.

"강릉이나 울진에서 나는 육송이 제일이죠. 예전에는 교통도 불편했지만 버스를 갈아타고 몇 십 리를 걸어 간 적도 많았어요. 끼니를 걸러 시골 가게에서 라면 먹던 일도 다반사였어요."

원목의 벌채 시기는 가을 처서가 지난 후부터 입춘까지 나무의 생장이 중지되는 시기가 가장 좋다. 수분이 적고 겨울에 눈 위로 하산하여 운반도 용이하다. 목재는 습기가 있으면 벌레가 나무를 파먹거나 부식도 쉽게 된다. 벌채한 후 2~3년 장기간 보관한 목재는 부식이 많으므로 1년 전에 벌채한 것이 좋은 재목이 될 수 있다. 김순기 장인도 겨울철 벌채 소식만 들으면 강릉으로 갔었다고 한다. 한 번 가서 원목을 구입하고 나서는 건조, 치목(나무를 다듬어 창호의 각 부재를 만드는 일), 운반에 이르기까지 일일이 신경 써야 할 부분들이 많았다. 그래서 겨울철에는 몇 달씩 현장에 가 있었다.

　김순기씨는 춘양목이나 육송을 대체할 나무를 찾기 위해 수입 소나무도 종류별로 실험해 보았다. 그래서 결국 8년이 걸려 캐나다산 홍송을 찾아내기도 했다. 현재 나무를 보관한 창고에는 1년, 2년, 3년생으로 차곡차곡 정리된 나무들이 가득하다. 김순기씨는 이 나무들만 바라봐도 마음이 든든해진다고 한다.

고증, 연구와 개발에 몰두하다.

전통 창호의 제작은 일반 소목일과는 다르다. 가구 등과 같이 단순히 종류와 크기, 수량만을 고려해서는 안 되고 제작하려고 하는 창호가 어떤 건축물의 어느 부분에 달릴 창호인지, 즉 대상 건물의 입지와 좌향, 규모, 용도 등을 면밀히 파악한 후 설계·제작에 들어가야 한다. 그리고 제작이 끝난 창호를 건물에 완벽하게 들어맞도록 시공하는 일까지 창호장이 주관한다. 따라서 전통 창호의 제작은 크게 설계 과정과 제작 과

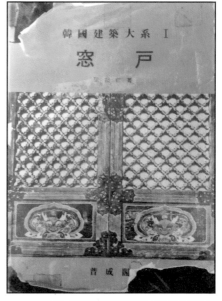

기능장이면서도 연구자의 모습을 보여주는
장인의 손때 묻은 책

정, 박배 과정(창호를 현장에서 제자리에 다는 작업)으로 나눌 수 있다. 건축물이 문화재인 경우에는 고증까지 거쳐야 했다.

고려시대의 창호는 봉정사 극락전, 부석사 무량수전과 조사당, 수덕사 대웅전, 은해사 거조암, 영산전 등에서 그 면모를 확인할 수 있다. 우리나라의 가장 오래된 목조 건축인 봉정사 극락전은 원형을 찾아 복원된 현재에는 전면 중앙에 두 짝 판문板門을 달고 좌우로 살창이 설치되어 있다. 또한 지금 남아있는 고려시대의 다

른 사찰 전각에서도 정면에는 판문이나 띠살문, 정자살문 등 출입
문을 설치하고 좌우로는 채광과 환기만을 위해 살창을 단 예가 보
인다.

고려말기의 부석사 무량수전이나 수덕사 대웅전에서는 전각
정면 전체를 살로 구성된 창호를 설치하고 측면에도 외짝문을 달
아 개방된 형식을 보여주고 있다. 이처럼 고려시대에는 중앙에 두
짝문을 중심으로 좌우에 살창을 설치하는 형식이 전승되거나 점
차 전면으로 창호가 확대된 형식이 나타난다. 또한, 들어열개(윗쪽으
로 들어 여는 문)와 여닫이의 양식이 사용되었으며, 삼국시대부터 보이
던 살창이나 빗살창과 띠살창, 정자살창 등의 창호가 사용되는 등
창호의 형식이 더욱 다양해졌다.

조선시대에는 창호의 형식뿐 아니라 창살의 형태, 개폐방식,
창살 문양도 매우 다양해진다. 조선시대 창호 변화의 가장 큰 이유
중 하나는 온돌과 마루가 결합된 좌식 생활의 정착과도 무관하지
않아 보인다. 구체적인 창호 형식은 고려시대의 개방 형식이 조선
초에 계승되어 정면 전체에 창호가 설치되는데, 관룡사, 장곡사, 봉
정사, 송광사, 개심사, 무위사가 그 예다. 이러한 개방형 창호 형식
은 조선후기까지도 이어져 정면과 측면은 물론 뒷면에까지도 문살
이 있는 창호를 설치하는 경향이 일반화 된다. 이처럼 오늘날 우리
가 볼 수 있는 창호의 형식과 창살 종류가 대부분 조선시대부터 보

목수 팔자에 승부수 던진 김순기

이던 그대로라고 할 수 있다.[5]

창호 제작 연대가 조선시대인지 일제시대인지를 구분하려면 김순기씨는 '멘간나'(めんかんな, 간나: 대패를 의미하는 일본어)로 판단했다고 한다. 즉 모서리 깎은 것을 보고 조선 연장을 썼느냐 일본 연장을 썼느냐를 판단할 수 있었다고 한다.

김순기씨가 목공소를 차리고 보니 이규선 대목장 밑에서 배운 것은 기초에 지나지 않았다는 것을 깨달았다. 그래서 어디를 가나 창호의 독특한 문양을 보면 꼭 사진으로 찍어오거나 그려왔다. 만약 그것도 여의치 않으면 눈을 감아도 떠오를 정도로 쳐다보기를 반복하여 머리에 새겨 넣었다고 한다. 그리고 나서 잊기 전에 어디라도 가서 종이와 연필을 구해 그 문양을 종이에 그려놓고서야 시름을 놓았다.

김순기씨는 1972년 경에 설악산 신흥사에 갔다가 문화재로 지정된 누각의 창호를 보고 사진을 찍어왔다고 한다. 그런데 돌아와서 찍어온 사진을 보고 똑같이 만들려고 보니 문양의 각도를 잡기가 어려웠다. 그래서 종이에다 그렸다가는 찢고 그렸다가는 찢고 그러기를 반복하고 있는데 지나가던 지인이 각도기를 써보라고 조언해 주었다. 초등학교밖에 다니지 못하여 각도기조차 몰랐던 김

---

5) 이상은 국립민속박물관 외, 『소목장(창호)·공주 목소장』 민속원, 2011, 29~31쪽 참조.

순기씨는 지인의 조언으로 문제를 해결할 수 있었다.

또 경기도 광주에서 창호 제작 주문이 들어왔는데 알고 보니 제작이 너무 어려워 목수마다 손사래를 치며 짤 수 없다고 거절했다는 창호였다. 김순기씨는 주문자의 요구에 따라 밤새 문짝 견본을 짜서 가져갔다. 그랬더니 주문자가 바로 이 문짝이라며 반겼다고 한다.

이처럼 목공소를 운영하면서 김순기씨는 점차 여러 창호의 공법을 연구, 터득하기 시작했고, 그의 이런 집요함과 노력으로 경복궁, 수원 화성행궁, 여주 명성황후 생가, 남한산성 상궐, 운현궁 등 수많은 고궁들의 창호가 그의 손에 의해 복원됐다. 또한 수원

목수 팔자에 승부수 던진 김순기

용주사, 강원도 월정사, 여주 신륵사, 파주 월상사 등 전국의 사찰들을 비롯해 최규하, 조병옥 등 유명 정치인의 저택에도 그의 손길이 닿아 있다. 그러나 그가 무엇보다 애착을 갖는 것은 화성행궁이다.

"수원의 대표적인 문화유적 행궁을 복원하는 데 참여한 것이 무엇보다 자랑스럽습니다. 4천여 개의 문짝을 도맡아 했습니다. 행궁을 찾는 후손들에게 우리 문화유산을 고스란히 물려준다는 생각으로 열심히 만들었죠."

김순기씨가 본격적으로 알려지기 시작한 것은 경복궁 복원 시 문화재위원들의 추천으로 1995년 경기도 무형문화재 14호 소목장으로 선정되면서부터다.

"중앙의 문화재위원들이 저의 재주를 높게 봐준 것 같아요. 문화재가 되기 전에도 그랬지만 장인이 되려면 눈속임이나 잔재주는 절대 안 부린다는 것이 저의 신념이죠."

문화재로 지정되면서 그는 더욱 바빠졌다. 최고로 주문이 많을 때는 아래 직원을 12명을 두고 일했다. 또 밥 먹는 시간도 아까워 죽을 음료처럼 마시면서 며칠 밤을 새기도 하였다.

역경을 이겨내다.

그에게 탄탄대로만 있었던 것은 아니다. 목공소를 운영하면서 좌절도 여러 번 겪었다. 창호를 만들어 주었으나

김순기 장인의 손

돈을 받지 못하여 돈 대신 받은 택시로 택시 운영을 좀 해보려고 하다가 사고가 나는 바람에 손해를 본 적도 있었다. 목공소 운영이 어려워 1978년 2년 동안 대림설비에서 창호제작 사원으로 일하기로 하고 중동에 갔다가 병에 걸려 죽다 살아난 적도 있었다.

하지만 제일 큰 좌절은 1975년에 기계에 손가락 두 개가 절단되는 사고를 겪은 일이다. 정조 임금 사당인 화령전 풍화당 문짝을 제작하다가 생긴 일이었는데, 하필이면 오른손이어서 그 좌절이 더 컸다. 김순기씨는 그 당시 목수 일을 그만둘 생각까지 했었다. 그는 방황하며 제주도, 광주 등 여러 곳을 다녔다. 우시장에 가서 소 장사를 해보려고도 하였고, 돼지를 길러보려고도 하였다가 자본이 없어 그만두기도 하였다. 그렇게 방황하고 있던 그를 잡아

목수 팔자에 승부수 던진 김순기

준 것은 건설회사 사장 임종대씨였다. 그는 지금도 본인이 잘 된 것은 모두 임종대씨 덕분이라며 고마워하고 있다.

길을 잃고 허무한 세월을 보내고 있던 어느날, 임종대씨가 불러 따라 가보니 '로꾸로'(ろくろ: 녹로 대패-날이 붙은 축을 돌려 물체를 둥글게 깎는 대패)깎는 현장이었다. 그 현장에서 한 사람을 불러 왔는데 그 사람은 손목 자체가 없었다. 김순기씨는 그 당시 많은 충격을 받았다고 한다. 손목이 없는 그 사람도 '로꾸로'를 깎는데 고작 두 손가락을 잃었다고 방황했던 자신을 돌아보니 그렇게 창피할 수가 없었다. 집에 돌아와서 김순기씨는 두 손가락을 잃어 힘을 쓰지 못하는 손에 고무줄을 감아보기도 하면서 여러 시도를 해 보았다. 그러나 아무래도 힘을 쓰기가 어려웠다고 한다. 그래서 결국은 될 수 있으면 망치질을 하지 않는 방도를 생각해 냈다. 그것은 어쩔 수 없이 기계를 사용하여 그 한계를 극복하는 것이었다. 현재 김순기씨 작업 공방에는 5대의 기계가 놓여있다. 기계 한 대당 한 가지 작업만 진행하도록 개조를 하였다. 김순기씨는 이것이 자신만의 능률을 높이는 방식이라며 뿌듯해 하고 있다.

장인의 연장 사랑

창호장인들이 쓰는 도구는 대체로 측정 도구와 치목 도구로 나뉠 수 있다. 각종 자, 콤파스, 그무개가 측정도구에 속하고, 톱, 대패, 끌, 망치, 조각도, 조임쇠(클램프) 등은 치목도구에 속한다.[6]

그무개 (『소목장(창호)·공주 목소장』, 52쪽)

자는 주로 치수를 재거나 원하는 각도로 먹줄을 칠 때 사용하는데 평자, 기역자자, 홀럭자, 곱자 등이 있다. 특히 창울거미는 연귀맞춤을 주로 하기 때문에 직각이 아닌 45도, 30도 등의 예각을 잴 수 있는 연귀자를 많이 쓴다. 콤파스는 단위문양의 간격 등을 맞추어 재단할 때 요긴하며, 목재의 규모에 따라 다양한 크기의 콤파스가 사용된다. 그무개는 목재 표면에 일정한 간격으로 치

---

6) 이하 연장에 대한 내용은 국립민속박물관 외, 『소목장(창호)·공주 목소장』 민속원, 2011, 51~59쪽 참조.

목수 팔자에 승부수 던진 김순기

김순기씨가 모은 연장 – 대패 　　　　　　김순기씨가 모은 연장- 톱

수를 표시하거나 평행선을 긋는데 사용하는 연장으로 줄긋기 그무개, 쪼개기 그무개로 구분된다. 줄긋기 그무개는 또 '촉쟁이그무개', '치목긋기칼', '금쇠' 또는 '촌목'이라고도 불리고, 쪼개기 그무개는 못 대신 칼날을 박아 넣어 얇은 나무판을 쪼갤 수 있어 '쪼갬금쇠'라고 부르기도 한다. 장인들은 용도에 맞게 자체적으로 제작해서 그무개를 사용하는 경우가 많다고 한다.

　톱은 목재를 자르는 데 사용하는 도구로 크기에 따라 대톱, 중톱, 소톱으로 나누고, 사용방법에 따라 나무널을 켜는 켤톱(인거톱), 토막을 내는 자름톱 등이 있다. 탕개톱은 우리나라 전통 톱으로 탕개를 죄어서 쓰는 톱을 말한다. 김순기씨는 본인이 마지막으로 탕개톱을 써본 사람이라며 자랑스러워하고 있다. 요즘은 보통 나무자루가 달린 '왜톱'을 사용한다. 창호 제작 시에는 크기가 다

른 톱뿐 아니라 날
이 양쪽으로 나 있는
양날톱, 한쪽만 날이
나 있는 외날톱, 톱
양의 한쪽으로 보강
대인 등쇠를 붙여서
세밀한 가공을 할 때
쓰는 얇고 좁은 등대
기톱, 크고 긴 홈을
낼 때에 사용하는 홈
켜기톱, 실톱 등 용도
에 따른 다양한 톱
이 사용된다. 김순기
씨 모은 연장 중에는
붕어톱도 있다.

김순기씨가 모은 연장- 붕어톱

각종 끌 (「소목장(창호)·공주 목소장」, 56쪽)

　　대패는 목재의 결을 매끈하게 다듬거나 필요에 따라 여러 가
지 모양으로 깎아내기 위해 사용하는데 '포', '글게'라고도 부른
다. 날의 개수에 따라 홀대패(홀날대패), 겹대패(덧날대패)로 나뉜다. 우
리나라 전통 대패는 대부분 홑날로 되어 있으며 대부분 밀면서 깎
도록 되어 있는 밀대패다. 창호 제작에 꼭 필요한 대패로는 변탕대

목수 팔자에 승부수 던진 김순기

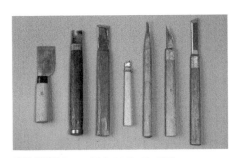

각종 조각도 (「소목장(창호)·공주 목소장」, 58쪽)

패, 개탕대패, 쇠시리대패, 살밀이대패가 있다. 변탕대패는 대패 바닥을 한쪽으로만 터지게 만든 대패로 창살이나 기둥 등의 모접기나 면접기 모양을 낼 때 사용한다. 개탕대패는 대패바닥을 양쪽으로 턱이 지게 만들어 미닫이나 미서기 창문틀의 홈줄을 팔 때 사용한다. 개탕대패로 홈줄을 파고 나면 옆훑기대패로 옆면을 마무리한다. 쇠시리대패는 기둥, 분살, 창울거미, 살대 등의 면이나 모서리를 쇠시리하는데 쓰이는데, 모서리에 모양을 넣도록 하는 것을 모끼, 혹은 목귀라고 한다. 특히 살대의 외형을 만드는 살밀이 대패는 살대 표면을 밀어 살대 자체에 여러 가지 모양을 낼 때 사용하며, 만들어지는 모양에 따라 외사, 쌍사, 쌍알 세알모끼, 투밀이, 배밀이, 등밀이, 골밀이, 평밀이대패가 있다.

끌은 나무에 구멍을 뚫거나 촉

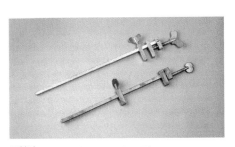

조임쇠 (「소목장(창호)·공주 목소장」, 58쪽)

을 만드는데 사용하는 도구로 좁고 긴 쇠봉의 한쪽 끝에 날을 세우고 반대쪽 머리를 망치로 때려 사용한다. '주리'라고도 부르는데 날의 형태에 따라 평끌, 통끌, 둥근끌, 때림끌, 손밀이끌, 가심끌, 오늬끌, 인두끌, 둥근끌, 쌍장부끌 등이 있다. 원래 조선시대의 끌은 나무자루 없이 통쇠로 만들어 '끌방망이'라고 불렸고, 나무자루가 달린 끌은 대부분 일본에서 유입된 '왜끌'이다.

망치는 물건을 두드리거나 반복해서 치는데 사용하는 도구다. 창호를 제작 할 때는 끌 작업을 하거나 큰 조각도를 다룰 때 사용하는 끌방망이 외에도 목재를 다듬거나 맞춤을 할 때 머리모양이 평평하고 무게가 실린 망치가 반드시 필요하다.

조각도는 나무에 글자나 문양을 새기거나 조각할 때 사용하는 도구로 작은 칼날이 손잡이 자루에 끼워져 있다. 칼날의 모양에 따라 평칼, 창칼, 원칼, 삼각칼 등으로 나눌수 있지만 용도에 따라 칼날의 모양이나 자루 모양이 다양하다. 창호 제작에서는 장부구멍을 팔 때 사용하기도 하지만 주로 꽃살 문양을 조각할 때 다양한 조각도를 사용한다.

조임쇠(클램프)는 작은 물건을 가공할 때 작업을 용이하게 하기 위해 고정하는 장치를 말한다. 창호 제작에서는 가로살대와 세로살대의 턱을 따내거나 홈을 팔 때 사용하는데, 한 대씩 하지 않

목수 팔자에 승부수 던진 김순기

고 한 번에 작업하기 위해 살들을 모아서 조임쇠로 조여 움직이지 않게 고정시킨 후 작업한다.

이처럼 창호 제작에 사용되는 도구는 일반 소목용 기본 도구와 크게 다르지는 않으나 창호 제작에만 주로 쓰이는 도구들이 있다. 장인들은 예로부터 필요에 따라 연장들을 직접 제작하여 썼다고 하는데, 그로 인해 장인마다 쓰는 도구가 조금씩 차이가 있었다고 한다. 수원 화성 축조 시 나라에서 내로라하는 목수들이 수원에 다 모였는데, 그 후예들이 김순기씨가 한창 일을 배울 때까지 남아 있었다. 일하다가 그들을 만나면 술이나 담배를 사주며 연장을 얻었다. 이렇게 모은 연장들이 김기순씨 작업실에 가득 쌓여 있다. 김기순씨는 언젠가는 자신의 작업실과 전시실을 박물관으로 꾸며 이 연장들을 전시하고 싶은 소망을 가지고 있다.

성공한 삶, 그러나 남은 한과 아쉬움

찢어지게 가난한 가정형편 탓에 초등학교밖에 다니지 못한 김순기씨는 자식들에게만은 그 가난과 공부에 대한 한을 물려주기 싫었던 듯싶다.

김순기 장인은 올곧은 장인의 삶을 잘 대변하기에 수많은 언론의 취재대상이 되었다.

"저는 초등학교밖에 나오지 못해 영수증을 쓰지 못해요.
그래서 그게 한이 되어 자식을 유학까지 보냈어요."

큰 아들을 미국으로 유학을 보냈는데 한 달에 700만 원씩
보내야 했다. 그 돈을 맞추느라고 며칠 밤을 샐 때도 있었다. 그렇
게 8년이란 세월을 견뎌서 현재 큰 아들은 모 유명 대학의 교수가
되었다. 둘째 아들 역시 의과대를 나왔고, 큰딸도 대학원을 나와
현재 대학에 재직하고 있다고 한다.

"저는 이젠 누구도 부럽지 않아요. 자식농사 성공해서 마음도 편하죠. 또 예전에는 목수는 깎아서 못 산다고 했으나, 이젠 저도 남부럽지 않게 재산도 있죠… 국가에서 한 달에 130만 원씩 줘요. 그러면 저와 집사람 살기에는 넉넉하죠… 누가 나와 보라고 하세요. 저보다 성공한 사람이 있나?…"

그의 얼굴에는 자부심이 내비쳤다.

그런 그에게도 한 가지 한이 남아 있다면 바로 효도 한번 못해 드린 어머니에 대한 죄송함이다. 어머니는 김순기씨가 49세 때 교통사고로 돌아가셨다.

"6년만 더 사셨으면… 내가 95년에 무형문화재로 지정되는 것도 보고, 얼마나 기뻐하셨겠어요… 어머니가 돌아가실 때만 하더라도 경제형편이 넉넉지가 않았어요. 그래서 작년 그러게 800만 원 들여서 어머니 산소를 새롭게 조성해드렸어요. 봉분도 크게 하고 상돌도 놓고…"

김순기씨는 1995년에 경기도 무형문화재 제14호 소목장 창호 보유자로 지정되었다. 문화재 지정은 그의 목수 인생에 대한 긍정이었고 영예였다. 또 경제적으로도 큰 전환점이었는데, 일 년에 2건 남짓 들어오던 일감도 10건 가까이 들어오게 되었다. 사찰이나 사당, 향교 등에서만 들어오던 창호 주문도 그 중요도를 인정받

을 수 있는 세계문화유
산 복원이나 쟁쟁한 인
물의 생가 등에서 들어
오게 되었다. 또 1999
년에는 사단법인 경
기도 무형문화재 기능
보존협회를 창립하여
2003년까지 이사장을
역임하였고 현재는 고
문으로 있다.

경기도무형문화
재 보유자로서 후계자

빛과 바람의 통로, 창호
(경기문화재단 제작, 경기학연구센터 홈페이지에서 시청 가능)

양성이 제일 큰 문제라고 김순기씨는 말한다. 현재 교육이수자에
게는 매달 50만 원씩 지급된다. 문제는 지금 공방에 일감이 없어
50만 원만 가지고는 생활을 할 수가 없다. 현재 교육이수자는 독립
하여 자신의 공방을 내서 일하고 있다. 배우려는 학생들도 가끔 찾
아오기는 하지만 현재 일도 없는 상황에서 고용 형태로 배워주기
에는 무리가 따른다. 기계를 다루는 직업이라 혹시 다치기라도 하
면 병원비를 물어주어야 하는 것도 문제다. 그래서 함부로 학생들
을 받을 수도 없는 상황이다. 김순기씨는 시청에 자신은 강의만 하

목수 팔자에 승부수 던진 김순기

자신의 작품 앞에서의 김순기 장인

고 교육비는 시에서 부담하는 형식을 여러 차례 제안해 왔으나 예산 문제로 번번이 이루어지지 않고 있다고 아쉬워한다.

올해 77세인 김순기씨에게 요즘은 일감이 별로 없다. 그는 웃으면서 지금까진 나이도 잊고 일을 했으나 이젠 제자들에게 넘겨줄 때가 되었다고 한다. 그래도 일이 몸에 밴 그는 매일 작업실에 나간다. 전시용 창호도 만들고, 전통 창호를 이용한 전통 등도 만들며, 찾아온 학생들에게 창호 및 연장에 대한 설명도 열심히 해준다. 그가 제일 듣기 싫어하는 것은 "일 좀 그만해. 뭐 죽을 때 가져갈거여?" 라는 말이다. 오늘도 작업실에서 열심히 일을 하고 있을 김순기 장인을 생각하며 그의 건강을 기원해 본다.

류 영 희 (사)지역문화연구소 연구원

1942년 11월 15일, 경기도 안성군 양성면 노곡리 출생.

1955년 14세 나이로 대목장 이규선씨 문하생으로 들어감.

1964년 군 입대.

1967년 5월 10일, 수원시 북수동 212번지에 중앙공업사(목공) 개업.

1969년 경기도 용인시 성불사 사찰 창호제작.

1970년 세계문화유산 수원화성 서장대 창호제작 복원.

1977년 세계문화유산 수원화성 화홍문 창호제작 보수.

1990년 세계문화유산 수원화성 낙남헌 창호제작 보수.

1992년 세계문화유산 경복궁 칠궁, 천추전, 만춘전, 회랑 창호제작 복원.

1995년 경기도 무형문화재 제14호 소목장 창호 보유자로 지정.
　　　　경기도 여주 명성황후 초당 행랑채 창호제작.

1996년 세계문화유산 수원화성 봉수당 외 572칸 창호제작.

1997년 충남 둔포 윤보선 대통령 생가 창호제작

1999년 강원도 원주 최규하 대통령 생가 창호제작 복원.

2000년 강원도 춘천 김유정선생 생가 창호제작.
　　　　외암 민속마을 창호제작.
　　　　민속박물관 너와집 창호제작.

2001년 서울 혜화문 창호제작.
　　　　세계문화유산 남한산성 상궐, 남행각, 재덕당 외 5동 창호제작.
　　　　강원도 동해시 남구만 생가 창호제작.
　　　　충남 대전 송시열 생가 창호제작 복원.

2002년 세계문화유산 운현궁 영로달 2동 창호제작 보수.

2003년 경기도 파주 허준선생 재실 창호제작.

2004년 이화장(이승만 대통령 전시관) 창호제작 보수.

세계문화유산 수원화성 화령전, 풍화당, 전사청 창호제작 복원.

2005년 경기도 의왕시 하우정 성당 창호제작 보수.

경기도 평택시 정도전 재실, 박물관 창호제작.

2006년 이화여자대학교 한국어학당 창호제작.

세계문화유산 수원화성 서장대 신축복원 창호제작.

2007년 세계문화유산 수원화성 비산청, 서리청 창호젓가 보수.

세종대왕 영릉 재실 창호제작 보수.

남산한옥마을 국악체험장 로비동 6동 창호제작.

경기도 화성시 풍화당 창호제작 보수.

선정릉 정자각 창호제작 보수.

경기도 여주시 명성황후 생가마을 창호젓가 복원.

2008년 북경 대한민국 대사관 창호제작.

경기도 여주시 명성황후 박물관 창호제작.

경복궁 경희루 내부완자 교체 창호제작 복원.

2009년 경기도 이천시 설봉서원 창호제작.

동구릉 관리실 창호제작.

2010년 밴쿠버동계올림픽기념 공예특별전에 솟을꽃살문 출품.

광화문 수문장 영궁직소 창호제작.

서울역 역사 박물관 창호제작.

2012년 경복궁 소주방 4동 신축 창호제작.

2014년 경복궁 소주방 전체 원형창호 제작 복원.

참고문헌

주남철, 『한국의 문과 창호』, 대원사, 2001.

국립민속박물관 외, 『소목장(창호)·공주 목소장』 민속원, 2011.

국립문화재연구소 편, 『중요무형문화재 제74호 대목장』, 국립문화재연구소, 1999.

끝없는 도전과 탐구의 '칠쟁이'

배금용 장인

경기도 무형문화재 24호 나전칠기장 칠장 배금용

보석처럼 영롱한 빛깔을 뽐내는 나전칠기의 장인 배금용씨를 만나러 만정공방을 찾았다. 성남시 민속공예전시관 3층에 자리잡은 만정공방은 고즈넉한 남한산성 국립공원 내에 위치하고 있어 한층 멋스러워 보였다. 푹푹 찌는 한여름의 폭염도 배금용 장인의 열정만은 누를 수 없었나 보다. 앞뒤로 쉴 틈 없이 돌아가고 있는 선풍기 사이로 바삐 움직이는 그의 모습이 보였다. 노크를 하고 들어서자 소탈하게 웃으며 반갑게 맞아주는 그의 손은 옻칠 장인의 직업을 증명이라도 해주듯 까맣게 물들어 있었다.

수천 번의 손길을 거쳐야만 그 고운 자태를 드러낸다는 나전칠기, 그 오색영롱한 빛깔을 뽐어내는 나전칠기를 사이에 두고 앉아 그의 지난했던 인생살이를 듣기 시작했다.

고통과 가난이 이끈 칠쟁이의 삶

배금용씨는 1944년 10월 15일에 전라북도 고창군 고수면 남산리 109번지에서 3남매의 장남으로 태어났다. 아버지는 소목장이었다. 일제 때 징용에 끌려갔다가 돌아오셔서 배금용씨가 6살 되던 해에 돌아가셨다. 그 당시 어머니는 겨우 21살이었다. 아버지의 죽

음으로 살길이 막막해진 배금용씨 가족은 뿔뿔이 흩어졌다. 큰집
과 외가를 전전하다가 밥이라도 먹여준다는 말에 장남인 배금용
씨는 정읍에 있는 한 고아원(정읍애육원)에 맡겨지고, 어린 남동생과
여동생은 어머니를 따라가게 된다.

"그 곳에는 밥 먹을 시간이 되면 아이들을 죽 세워놔요. 주먹밥을 해서 손가락으로 꾹 찔러서 거기에 간장을 조금 넣어주면 그게 식사야. 전쟁 났는데 뭐가 있겠어요? 그래도 거기에 있으니까 밥도 먹고 구두도 신고, 공책·연필 모두 미제로 쓸 수 있었죠. 국민학교 3학년 1학기 구구단 5단까지 배웠고, 한문도 배워서 지금 신문이라도 읽을 수 있었지. 그거 안 배웠으면 어쩔뻔 했겠어요? 허허!"

그러나 가족과 고향이 사무치게 그리웠던 배금용씨는 결국 친구 한 명과 그곳을 탈출하였다.

"한 중간쯤 가서 저녁에 해가 져 버렸는데, 농사짓는 한 사람이 우리 보고 우리집 가면 밥을 실컷 먹여줄 테니까 우리집에 와서 일 해래. 아마 그때가 봄은 조금 넘은 계절이었던 것 같아요. 그 집 가서 내가 한 살 더 먹었다고 했지. 그랬더니 나는 작은집에 보내더라고. 그 형은 큰집에 보내고. 그런데 그 형은 매일 소만 끌고 편안하게 돌아다니고, 나는 아침에 나무 한 짐, 점심 먹고는 또 나무 한 짐을 해 오라는 거예요. 그 때는 키도 작아 지게를 등에 지면 질질 끌리는데 개울을 건너면서 다 엎어서 일을 끝내지 못했지. 그러자 뭐라고 막 야단을 쳐요… 그래서 말도 못하고 있다가 산에다가, 그것도 글자를 조금 배웠다고 떠난다고 산에다가 글씨 써놓고는 누가 잡으러 올까봐 산으로 막 도망을 갔어. 같이 갔던 그 형도 그 집에서 구박을 하니 도망을 쳐서 고장에 갔다고 해요…"

끝없는 도전과 탐구의 '칠쟁이' 배금용

is life followed a single path in the studio.

"In the beginning, I just got to live in the studio because they let me stay and have meals. I did not even know what Najeon-chilgi was. Other trainees could not stand hard courses and left but I had no other option, so just stayed and focused on the artwork. Once I took it as my only way to go, it was not to tough and I got used to it. Decades passed by while I didn't realize," he told Infomag, at his work studio in Seongnam, Gyeonggi province.

Soon he became independent from his master and opened his own studio. However, traditional handicraft became rarer with the advent of manufactured goods and he had to shut down his studio many times.

It was not profitable at all and many of artisans left the business, putting Najeon-chilgi at stake. His effort put into his artworks began to be paid off in the eighties, as interest toward traditional culture started coming back.

Soon afterwards, Artisan Bae won an award in Korea Traditional Arts competition. It was the beginning of his awards streak record in various craft competitions and art competitions. He was recognized as a gifted artisan and designated as an intangible cultural asset in Gyeonggi Province in 1998. He was also received the best honor and elected as "The Great Korean artisan" in 2001.

Artisan Bae began working more actively. He followed his belief of being close to public and spread beautiful traditions. His work is on the wall of Incheon International Airport VIP room and used as prop in the recent movie, "Untold Scandal." He is contributing to projects for cultural assets by restoring perfectly mums' vine patterned sutra box in Goryeo Dynasty. (estimated to be made in the 13th century, currently stored by Japan.)

"I hope many people appreciate Najeon-chilgi and understand how wonderfully they were made by our ancestors. It's not about honor or money but young people getting used to Najeon-chilgi and foreigners appreciating Korea's excellent tradition," he said.

As Bae wanted, Najeon-chilgi is being popularizing. His disciple and son, Kwang-woo, has won many awards with his Najeon-chilgi office supplies and household and some were even commer-

cialized. He has taken over his father's talents thoroughly and is spotlighted in art field with his original works that contain both practicality and tradition.

"I feel sorry for the absence of museums and exhibitions for Najeon-chilgi. My dream and goal is to build a Najeon-chilgi museum than anybody can come and appreciate the artwork which is made of good materials and created scientifically, as popular tradition."

Quality goods are not good enough with luxurious brand logo. Artisan Bae's 50 years of experience, original techniques and processes, coming down from the Goryeo Dynasty, is what it takes to make quality goods'

24th intangible cultural asset, artisan Bae Keum-yong, whose Najeon-chilgi artwork has special elegance and graceful gentleness, has also gone through this long period of training. He has won many awards in various competitions and has also been selected as a New Intellectual but behind his glory.

Infomag | 101

고향 고창을 향해 정처 없이 떠났던 그는 우여곡절 끝에 끝내 외삼촌을 만나 서울로 오게 된다.

"나는 어디지도 모르고 정처 없이 걸어갔어요. 집집마다 밥을 구걸해 가면서 다녔지. 그런데 자꾸 터미널에 가고 싶어졌어. 봄에 고아원에서 나왔는데 그 때는 이미 가을이 되어 날씨도 점점 쌀쌀해졌어요. 멍석을 꺼내 돌돌 말아서 자고 아침에 일어나면 밥을 얻어먹고… 터미널에 자꾸 가고 싶어 갔는데 그 곳에서 외삼촌이 나를 알아보고 '너 배금용이 아니냐?' 하고 물었어요. 그런데 고아원에서는 백금용으로 불려서 '나는 백금용인데요.' 라고 대답했죠. 하하! 그런데 나도 외삼촌을 보니까 어렴풋이 기억 나. 그래서 외삼촌 따라 서울로 올라왔어요."

그의 외삼촌 집은 마포 공덕동에 있었다. 마포 산동네 단칸방이었는데, 그곳에는 외할머니, 동갑내기 외삼촌, 큰삼촌, 외숙모, 조카(외삼촌 애기) 이렇게 다섯 식구가 살고 있었다. 단칸방인데다가 밤에는 쥐까지 극성이었다. 외삼촌네 단칸방에서 눈칫밥을 먹던 배금용씨는 바로 뒷집에 나전칠기 공방이 있다는 것을 알게 되고 그곳에서 일을 배우게 된다. 그의 첫 스승인 최준식 선생을 만나 '나전칠기 운명'이 시작된 것이다. 그 때 그의 나이 10살이었다.

끝없는 도전과 탐구의 '칠쟁이' 배금용

마포 산동네에서 시작된 나전칠장의 길

이재무 시인이 묘사한 마포 산동네 정경이다. 배금용씨는 당시 마포 산동네를 이렇게 기억한다.

> "그 곳은 산동네라 더 가팔랐어… 골목도 아주 좁았지. 초가집이었고 거의 단칸방이었지. 여름에는 워낙 더워 밤에 가마니 깔고 자고 그랬어요. 그런 동네였는데 이젠 없어져 버렸잖아. 넘어가면 염리동이었어요… 공방도 단칸방만 했어요."

배금용씨 외삼촌 댁도, 피난 갔다가 온 최준식 선생님 공방도 모두 이 마포 산동네에 있었다. 전쟁 통에 부산으로 피난 갔다가 돌아와 마포에 정착을 한 최준식 선생은 나전칠기공방을 차렸다. 공방에는 만주, 대구, 부산 등지에서 피난 온 선생님들이 한 스무 명은 계셨는데, 그중에는 정말 뛰어난 분들도 계셨다고 한다. 그들은 6개월쯤 있다가 하나 둘씩 공방을 차려 서울 시내로 퍼져 나갔다.

나전은 바다 속에서 건져낸 전복패, 진주패, 소라껍질 등을 가공하여 자개로 만들고 주름질(문양 단위의 형태를 곡선으로 마름질하는 것), 끊음질(기하학적인 직선으로 끊어내는 것) 기법으로 문양을 오리거나 썰어 칠면에 부착하는 기법이다. 나螺는 껍질을 가진 패류를 가리키며 전鈿은 금, 은, 동의 금속을 장식한다는 뜻이다. 이렇게 만든 나전에 옻칠(옻나무 진액)을 한 작품이 나전칠기다.

처음 공방에 들어간 배금용씨는 지게로 물을 긷고, 막걸리 받아오는 것이 일과의 전부였다고 한다.

"처음 가서는 뭘 하는 일이 있어요? 맨 날 물만 긷는 거지. 나의 의무는 그것이야. 물을 길어다 항아리에다 붓는 것. 그것도 그 때는 아침에 잠깐 공전수도를 줬는데 거기까지 가려면 지금 여기(남한산성 국립공원)서 을지대(을지대학교 성남캠퍼스) 정도는 가야 했어. 여기도 폭대기인데 그곳은 산동네라 더 가팔랐죠. 가면 우물 두 군데가 있었는데 우물에 물이 별로 없었어요. 빛 시간을 퍼야 한 동이를 푸는 거야. 키가 작아 지게를 매도 질질 끌리지. 서울 철인데 옷도 다 젖고, 손도 다 갈리지고… 또 선생한테 낮에 손님들이 많이 찾아와요. 그러면 나도 일을 안 해. 그리고는 나보고 막걸리 받아오라고 해요. 한 번에 많이 사오는 것이 아니라 다 먹으면 또 사오라고 하고, 또 사오라고 하고… 여기서 저기 을지대 있는 곳까지 그렇게 오갔지. 그러면 나도 배가 고프니 나도 먹어보고. 그 때 막걸리 심부름 많이 했지…"

공방에서 물을 긷거나 막걸리 심부름을 하던 어린 배금용은 배움에 항상 목말라 있었다. 그래서 동네 또래 중학생들에게 부탁

끝없는 도전과 탐구의 '칠쟁이' 배금용

하여 영어도 좀 배우고, 더하기 빼기도 배웠다.

낮에는 물을 길어와 항아리에 채우고, 밤이 되어 다른 선생들이 하루 일과를 끝내고 집으로 가면 최준식 선생은 그에게 간단한 나전칠기 일을 시켰다. 밤 10시, 11시까지 재우지를 않고 시켜서 껌뻑껌뻑 졸 때도 많았다. 그러나 본격적으로 이 일을 배운 것은 2년 정도 후였다. 공방에서 일하던 선생들이 모두 독립하여 나가고 최준식 선생과 둘만 남았을 때부터였다. 최준식 선생은 이 시기에 배금용씨에게 많은 것을 가르쳐 주었다.

> "선생은 알지. 애가 머리가 잘 돌아가나, 일 잘 하나를, 쓸만하면 그 애한테 집중적으로 기술을 가르치는 거지. 그당시 다른 몇몇 청년들이 있어도 나만 가르쳐 주었어요. 내가 좀 똑똑했나봐? 하하! 그러고는 선생이 '이담에 너

일 못하면 나한테 배웠단 말 하지 마.' 라고 했어요. 내가
가만히 생각하니까 그때 나는 아무 것도 없잖아요? 재산
도 없고 부모도 없고, 아무 것도 없잖아요? 그래서 '내 살
길은 이 기술밖에 없구나.'라고 생각했던 거예요. 그래서
죽기 살기로 배운 거죠. 처음에는 나전부터 배웠어요. 애
들은 칠은 못하니까, 그 다음 칠을 배운 거예요. 칠은 워
낙 어려워요. 그 과정도 복잡하고 오래 걸리기도 하구요."

나전칠기의 지난한 공정, 그리고 나전칠장[7]

나전칠기는 수천 번의 손길을 거쳐야만 그 고운 자태가 드러난다.
우선 질 좋은 옻칠을 얻어야 한다. 옻칠은 옻나무의 재배, 관리부
터 옻의 채취, 옻칠의 선별, 정제과정까지 거쳐야 질 좋은 옻칠을
얻을 수 있다. 그 다음 제작에 들어가는데, 먼저 밑바탕 작업을 하
고나서 나전을 만들어 붙이고 칠 작업을 해야 한다.

우선 백골(뼈대를 만들어 놓고 옻칠을 하지 않은 목기나 목물)을 제작하여
다듬는다. 그 위에 생칠을 발라 24시간 건조시킨다. 칠죽(고운 황토

---

7) 나전칠장에 대한 내용은 국립문화재연구소, 『중요무형문화재 제10호 나전장』, 민속원, 2006
을 참고하였다.

상사

분과 물, 생칠을 섞어 만든다)을 만들어 백골 표면 위의 나뭇결을 메우고, 베를 바른다. 그 위에 칠죽을 바르고, 칠죽면을 연마하고, 또 두 번째 칠죽 바른다. 다시 칠죽면을 연마한다. 그 다음 기름칠을 하고, 그 기름칠면을 간다. 또 두 번째로 기름칠하고 그 면을 간다. 여기까지가 나전작업을 하기 위한 밑바탕 처리 작업이다. 이것이 끝나면 칠장이 나전장에게 넘겨준다.

두 번째 단계는 끊음질이나 주름질 기법으로 자개를 붙이는 단계다. 이 단계는 나전장이 맡아서 한다. 끊음질 기법만 보면 먼저 자개를 붙일 면에 밑그림을 그리고, 밑그림 위에 부레풀(아교)을 두 번 칠한다. 그 위에 자개를 만들어 붙이고, 자개가 완전히 붙도록 충분히 말린 후 빠른 속도로 풀빼기 작업을 한다. 그 다음 혹시 불

필요하게 붙어있거나 떨어진 자개가 있으면 보완한다. 표면을 살짝 사포로 연마하여 상사(絣絲)(실모양으로 가늘게 자른 자개)의 미세한 높낮이를 바르게 맞춘다. 여기까지 나전장이 하고 다시 칠장에게 넘긴다.

　　세 번째 단계는 칠장의 도칠 과정이다. 칠장은 우선 옻칠 두께를 자개 문양의 자개 두께보다 낮게 할 것인지, 평행되게 할 것인지, 아니면 높게 할 것인지를 결정하여야 한다. 이 결정에 따라 도칠 공정이 달라지는데, 만약 낮게 할 경우에는 초칠, 중칠, 상칠로 마무리하면 되지만, 평행하거나 높게 할 경우는 초칠 과정만 10회, 혹은 그 이상을 발라 그 높낮이를 맞추고 나서 중칠하여 건조시켜야 한다. 마지막 단계인 상칠은 숯이나 사포로 중칠하여 건조시킨 면을 갈아낸 다음에야 할 수가 있다. 상칠은 먼지 하나 없는 공간에서 정성과 기도하는 마음으로 해야 한다고 하는데, 미리 날짜를 정한 뒤 목욕을 깨끗하게 하고 마음을 비운 뒤 작업을 시작한다. 이때 파리 한 마리만 들어와 작품에 앉아도 처음부터 다시 해야 하는 작업이 바로 옻칠이다. 상칠을 하고 건조시키고 나서 상칠한 면을 아주 부드러운 사포로 갈고, 갈려나가지 않은 자개 문양 위는 칠긁기칼로 긁어내어 자개 문양을 노출시킨다. 그런 후 광내기 작업에 들어가는데 이 작업 역시 초벌, 두벌 작업이 필요하다. 그런 후 마지막으로 장식용 장석을 부착하면 최종 마무리된다.

　　나전칠기는 이처럼 복잡하고 많은 공정을 거쳐 작품 하나를

완성할 수 있다. 작품
하나를 만드는데 걸
리는 시간이 짧게는
8개월, 길게는 2년이 걸
린다.

　　이렇게 지난한 나전칠기 제작을 위
해서 각 과정마다 별도의 장인이 필요했다. 과거에는 국가차원에서
나전칠기 관리 기구를 두기까지 했다. 통일신라시기만 하더라도 궁
중수공업을 담당하는 내성內省에 칠전漆典을 두고, 국가가 직접 칠
기의 제작과 칠림漆林의 육성을 제도적으로 관리하였다. 고려시기
에는 중상서中尙署라는 관영 공예품 제작소를 설치하여 내부에 화
업畵業, 소목장小木匠, 위장韋匠, 칠장漆匠, 마장磨匠, 나전장螺鈿匠 등 칠
공漆工들의 직책을 두었다. 조선시대에는 옻칠이 관수품이자 군수
품으로 되어 전국의 군현마다 칠수漆樹의 숫자와 산출처 대장을 만
들고 국가에서 관리 감독하였다. 그리고 민간에서 채취를 못하도
록 『경국대전』에 명시하였을 뿐만 아니라 주칠朱漆한 칠기는 어용御
用 기물器物 외에 사용을 금하였기 때문에 나전칠기 역시 그 제약의
범주에서 벗어날 수 없었다.

　　나전칠기 장인은 공조工曹 소속의 경공장京工匠과 외공장外工
匠 소속 120여 직종 가운데 칠장과 나전장으로 분업화되어 있었다.

그런데 나전장은 경공장으로서 공조와 상의원尙衣院에만 약간 명을 두었다가 19세기에는 경공장마저도 해체되고, 민영화 체계에 의해 대중적 취향이 반영된 나전칠기가 제작되었다.

일제강점기에 와서는 나전칠기 공예도 일대 시련을 겪게 되는데 일본은 1914년 이왕직미술품제작소를 개설하고 조선의 우수한 장인들을 데려다가 자신들이 원하는 나전칠기를 제작하도록 하였다. 1914년에는 이왕직미술품제작소를 조선미술품제작소로 독립시켜 일본인의 취향에 맞는 나전칠기를 제작하도록 하였다. 그러나 이러한 시련 속에서도 그 명맥을 이어 온 장인들에 의해 나전칠기 기술이 보존·전승되고 있다.

해방 후 나전칠기 장인들은 작은 공방을 많이 운영하였다. 공방에는 나전장, 칠장을 모두 두었으나 장인들은 나전이나 칠 구분 없이 모두 능통했던 것 같다. 배금용씨는 작업을 할 때는 나전장과 칠장이 방을 나눠서 일을 하다가도 나전 쪽 일손이 딸리면 칠장이 도와주고, 칠 쪽 일손이 딸리면 나전장이 도와주곤 했었다고한다. 그래서 배금용씨도 나전과 칠을 함께 전수받을 수 있었다. 지

끝없는 도전과 탐구의 '칠쟁이' 배금용

금 배금용씨는 백골을 짜고, 나전 밑그림을 그리고, 옻칠과 나전을 붙이는 일까지 모두 혼자서 해결한다. 목수였던 아버지의 영향과 군대에서 익힌 목공 기술 덕분에 백골을 짤 수 있게 되었고, 잠깐 근무했던 디자인 연구소 경험이 밑그림을 그리는 데 많은 도움이 됐다고 한다.

나전칠기는 맥이 중요해

예로부터 나전칠기와 같은 공예는 그 기능이 사람의 손에서 손으로 전승되는 것이기에 어떤 선생님을 만나느냐가 굉장히 중요했다. 같은 나전칠기라도 선생님에 따라 달랐는데, 누구에게서 배우냐에 따라 어떤 기술은 영원히 모를 수도 있었다. 그래서 공예는 누구에게서 어떤 전통을 계승하였는지 그 맥을 따졌다.

배금용씨 스승인 최준식 선생 위에는 전성규 선생이 있다. 전성규 선생(?~1940년)은 서울 출신으로 조선조 나전칠기의 전통을 전수한 대표적인, 마지막 장인匠人이다. 통영칠기주식회사에 근무하던 1920년에 일본 다카오카시高岡市의 조선나전사朝鮮螺鈿社로 초빙되어 갔다. 이 때 제자인 김봉룡金奉龍을 데려가 2년간 체류하는

동안 금속세공용 실톱의 사용법을 익혀와 자개무늬 제작에 활용함으로써 주름질 기법(자개를 오려내어 문양을 표현하는 방법)의 혁신을 가져왔다.[8]

　　전성규 선생의 대표적인 제자로 김봉룡, 심부길 선생이 있는데, 심부길 선생은 끊음질 기법[상사를 토막토막 끊어 이어 붙이면서 무늬를 표현하는 방법]으로 유명하다.[9] 김봉룡 선생(1903년~1994년)은 최준식 선생의 선배가 된다. 고향이 통영이고, 주로 통영, 원주에서 활동하시다가 돌아가셨다. 배금용씨에 의하면, 민종태 선생 역시 전성규 선생 제자로 고향이 서울이고, 주로 서울, 경기 지역에서 활동하였다.

---

8) 『한국민족문화대백과사전』, http://encykorea.aks.ac.kr.

9) 국립문화재연구소, 『중요무형문화재 제10호 나전장』, 민속원, 2006, 166~168쪽.

끝없는 도전과 탐구의 '칠쟁이' 배금용

배금용씨는 최준식 선생을 통해 중요무형문화재 끊음장 기예능보유자 심부길 선생, 칠기 원로 민종태 선생, 무형문화재 칠장이신 고 홍순태 선생, 중요무형문화재 10호이신 고 김태희 선생 등 나전칠기계통에서 유명한 분들을 두루 만나게 된다. 이분들의 말씀 한 마디 한 마디는 지금의 배금용씨가 있게 된 중요한 원동력이 되었다.

특히, 민종태 선생은 최준식 선생의 친구인데, 피난 갔다가 와서 잠시 최준식 선생 공방에 머무른 적이 있었다. 그 당시 어린 배금용씨와 한 방을 썼었는데, 그것을 인연으로 배금용씨는 훗날 민종태 선생 밑에서 일을 하게 된다. 그는 민종태 선생이 금속선으로 문양을 넣는 기법을 사용하는 것을 본 적이 있다고 하는데, 이는 훗날 배금용씨가 독자적인 기법으로 나전칠기 영역에 독보적인 존재로 자리를 잡는데 아주 중요한 계기가 되었다.

자립, 파라만장한 여정

장인을 찾아서 글_서우석(작가)가 사진, 김태아민(사진공방)

그 꽃은
천 번의 손길로
피워낸 것이라네

나전칠기장 배금용

새카맣게 갈라지고 굳은살 박힌 손에서 겹겹의 세월과 한(恨)이 읽혀진다. 경기도 무형문화재24호 나전칠기장 배금용. 그를 키운 것은 9할이 타고난 '끼'이다. 핏속에 꿈틀대던 끼, 그것이 저 갈라진 손끝에서 우리의 얼과 혼을 되살려내게 했다.

끝없는 도전과 탐구의 '칠쟁이' 배금용

5~60년대에 미군들이 한국에 거주하면서 나전칠기에 대한 수요가 많아졌다.

"60년대 초까지만 하더라도 미군들 때문에 먹고 살았지. 그 당시 미군들이 최고로 좋아하는 것이 나전칠기였어요. 책상 앞에 놓는 명패를 나전칠기로 제작한 것을 엄청 좋아했죠. 반짝반짝 빛나잖아요? 그래서 엄청 많이 사갔어요. 본인도 쓰고 선물도 한다고…"

그러나 나전칠기의 이런 인기는 모든 공방에 적용되지는 않았던 듯 싶다. 1956년, 최준식 선생의 공방은 일감이 없어 몇 달 쉬다가 결국 문을 닫게 된다. 최준식 선생은 제자 배금용씨를 데리고 이태희 선생 공장, 동산산업, 길선생 공방 등을 전전하다가 이들 공방들마저 줄줄이 문을 닫는 바람에 다시 돌아와 공장을 시작한다. 그 당시 그들은 화병, 오봉, 담배함, 소반 등을 만들어 신신백화점과 화신백화점 등에 납품하였다고 한다.

이렇게 19살이 되던 해까지 최준규 선생 밑에서 기능을 배우며 일을 도왔지만 단 한 번도 월급을 받지 못한 배금용씨는 서운하고 서러웠다고 한다.

"한 번에 목돈을 주시겠다던 선생님 말씀만 믿고 열심히 일했는데 일은 제대로 되지 않고, 월급도 없고, 왜 그리도

서운하고 서러웠던지… 선생님의 약속은 안 지켜지고, 그 에 대한 대안도 없고…"

1962년 여름, 배금용씨는 결국 스승을 떠나 다른 나전칠기 공방에 취직했다. 그러나 그마저도 그리 순탄치는 않았다. 동산산 업(주) 도안실에서 근무하 던 김영찬 선생이 종로에다 차린 공장에 가서 일을 하 였으나 김영찬 선생의 죽음 으로 또 한 번의 좌절을 맛 봐야 했다. 김영찬 선생 부 인으로부터 선생님이 쓰시 던 연장과 자개 재료를 건 네받아 본인의 첫 공방을 차렸으나 경영 어려움으로 얼마 지나지 않아 문을 닫 았다.

그 후 배금용씨는 이 환용 선생 공방에서 2년 동안 일을 했다. 그 후 용두동 박철공 선 생 공방에 스카우트 되어 세화가구 전속 일을 하다가 군에 입대하 게 된다.

끝없는 도전과 탐구의 '칠쟁이' 배금용

60년 대 후반부터 80년 대 초반까지는 나전칠기의 전성시대였다. 가구 하나만 팔아도 집 두 채를 살 수 있었다고 한다. 부잣집 사모님들이 돈을 미리 공방에 맡겨놓고 한 달이나 일 년을 기다려서 가구를 가져갈 정도로 인기였다. 수요가 많아지자 70년 대부터 돈 많은 사업가들이 이 업종에 뛰어들기 시작했다. 전통 공방식 제작 방식이 서서히 사라지고, 나전과 칠 공정이 분리된 나전공장, 칠 공장이 따로 생겨나기 시작했다. 그리고 시간과 공정이 오래 걸리는 전통 방식의 옻칠 대신에 화학 약품을 사용하고 마지막 공정에서 한 번 정도만 옻칠을 하여 눈속임한 나전칠기 제품이 마구 생산되었다.

1969년 6월, 군대에 입대한 배금용씨는 김해 공병학교에서 6주간의 목공반 훈련을 거쳐 목공 특기병이 된다. 그리고 제대를 할 때쯤 목공 기술도 제법 익히게 되었는데, 그는 이 시기가 오늘의 배금용이 있게 된 또 하나의 밑거름이 되었다고 한다.

"군대 목공 반에서 3년 동안 목수일을 했어요. 그래서 장롱이나 반닫이도 다 짤 수 있어요… 옛날에는 골목골목 목공소가 있잖아요? 그런데 지금은 목공소가 없어. 그리고 있더라도 한 개만 해달라고 하면 해주지 않아요. 우리 같은 사람들은 작품 만드는 데 한 개만 필요한데… 열 개 짜면 작품이 아니거든. 그래서 아침에 스케치해서 바로 제작에 들어가요. 그래야 속이 편하지. 안 그러면, 가면 내

일 오라 모레 오라. 그
래서 술 사줘야지.
밥 사줘야지. 그래
도 안 된다고 하고.
그래서 내가 다 하
는 거지."

　　1972년 군 제대 후, 배금용씨는
과거 공방에서 함께 지냈던 민종태 선생을 찾
아가 반장 직책을 맡아 3년 동안 일을 하게 된다. 또 작은아버지의
소개로 1973년에 지금의 부인과 결혼도 한다. 배금용씨는 이 시기
를 기술뿐만 아니라 나전칠기에 대한 시야의 확대에도 큰 전환점
을 가져온 시기였다고 말한다.

　　민종태 선생의 권유로 공방을 차리고 나전칠기 하청을 시작
했지만 생각만큼 잘 되지 않았다. 그의 표현대로 '월급 탈 때만도
못했다.' 그 후 가족을 이끌고 부산, 경남 기장 등지로 이사를 다니
며 공장에 취직하여 일을 하기도 하였으나 집안 살림은 더욱 어려
워졌다.

　　1982년 배금용씨는 다시 경기도 성남으로 올라와 40평 남
짓한 공장을 얻어 '만정공방'이라는 상호로 가구 하청 일을 시작한
다. 그러나 다시 문을 닫게 되고, 일마다 뜻대로 되지 않자 술로 세

끝없는 도전과 탐구의 '칠쟁이' 배금용

월을 보내며 방황을 하기도 했다.

"하는 일마다 뜻대로 되지 않고, 참으로 속상한 일들만
계속되었죠. 왜 그리 저는 하는 일마다 안 되는지. 덕분에
술도 많이 마시게 됐고, 하루도 술 마시지 않고는 못 배겼
던 나날의 연속이었죠."

그러던 중, 캐나다에 살고 있던 민종태 선생의 아들이 한국
에 들어와 고아디자인 연구소를 차리고 그에게 옻칠에 대해 함께
연구하자는 제의를 해왔다. 그런데, 그곳에서 1년 반 가량 연구를
돕고 디자인을 배웠지만 가족의 생계에 전혀 도움이 되지 않아 그
만 두었다. 하지만 당시 경험이 그의 인생에 있어 또 하나의 새로운
전기를 마련한 계기가 되었다.

작가의 길, 이건 하늘의 뜻이다

"하는 일마다 안 되어 맨 날 빚만 지니 이젠 안 되겠다 싶
더라구. 그래서 하던 하청공장을 다 정리하니 400만 원
되더라고. 그 때부터 작품 길로, 작가로 가는 거예요. 원
래 공예대전은 옛것을 발굴해 내는 게 목적이잖아요? 뭘

봐야 만들 텐데… 우리나라에는 작품이 없었어요. 교보
문고, 을지문고, 종로서적, 명동에 있는 서점들 다 뒤져
서 책을 한 권 샀는데, 삼성의 고 이병철 회장이 일본 가
서 찍은 사진으로 만든 책이었어요. 거기 한 작품을 보고
재현을 하는데, 중간에 책 집어 던지고 막걸리 먹으러 가
기 일쑤였죠. 아무리 봐도 도저히 안 되더라고. 그래도 하
루에 2~3시간밖에 못 자고 만들어서 결국은 2점을 출품
했죠."

배금용씨는 1988년 '제13회 대한민국전승공예대전'에서 '고
려나전' 등 2점을 출품하여 입선을 하게 된다. 그는 "너무 좋아서
자다가도 웃고 버스 타고 가다가도 웃곤 했다"고 회상한다.

"입선이라도 나에게는 최고의 상이잖아요. 그런데 지금
후배들은 입선되었다고 하면 '애개' 하죠. '입선'이 제일
아름다운 상인데도 말이에요. 그 후에도 계속 상을 타는
데 더 올라가지 못하고 계속 입선이야. 그래도 나는 좋지
뭐. 대상 타면 뭘 해… 그렇게 상을 타다보니 80개, 90개,
100개까지 되었어요. 그게 나를 발전시키거든요. 올해 만
든 작품을 내년에도 만들려면 디자인도 바꿔야 하고 모든
걸 다 바꿔야 하는데, 그렇게 상을 100개나 타버렸으니.
내 스스로 어마어마한 공부를 한 거죠…"

그는 제13회 입선을 시작으로 제14회, 15회, 16회, 17회, 18
회, 20회 등에서 입선 및 특별상, 그리고 문화재보호재단 이사장

나전국당초문경함

상까지 수

상하여 '상 복 터진 사

람'이라는 말까지 듣게 된

다. 문화재를 재연하고 문화

재급의 작품을 만드는 일에

몰두하는 그를 두고 사람들이 미쳤다고 할 정도였다.

> "일년에 상장을 6, 7개를 타도 나는 여전히 돈이 없고, 집
> 사람은 파출부를 다녀야 되는 거야. 선배들이나 후배들
> 은 나 보고 미쳤다고. 그렇게 어려운데 뭐로 작품 활동을
> 하냐고…"

당시에는 집에 가도 공방에서 일하고 싶어 손이 근

질거렸다고 한다. 그래서 초저녁에 잠들었다가 새

벽 1~2시쯤 깨면 곧장 공방으로 달려갔다. 하루에 2~3시간만 자고 나머지는 작품 만드는 일에 몰두했다. 뿐만 아니라 하나라도 새로운 디자인을 구상하느라 무엇 하나 허투루 지나치는 일이 없었다.

"관련이 없는 미술전, 백화점에도 가고, 길을 가다가도 누가 어떤 신발, 옷을 입었나 유심히 보고, 음식점에 가면 접시에 어떤 그림이나 도안이 새겨져 있나 유심히 보며 공부를 한 거죠. 그래서 여기에 있는 그림도 내가 직접 그린 거예요. 칠로 그린 거죠…이렇게 하니까 내 스스로 공부가 되더라고. 내가 미술대학을 나왔어요? 어딜 나왔어요? 그래서 나중에 눈이 뜨였어요."

그의 이런 열정으로 인해, 결국 1998년에 나전칠기로 경기도 무형문화재에 선정되었다. 2001년에는 기능인의 최고 영예인 '대한민국 명장'으로 선정됐다.

배금용씨는 이에 대해 모든 것은 하늘의 뜻이라고 말한다.

"신은 나에게 많은 재물도, 편히 쉬는 것도 허락하지 않았죠. 지금껏 생계를 유지하기는 했지만 그 이상의 돈은 없었어요. 돈이 많았다면 지금까지 손에 옻칠 묻히며 살지는 않았을 거예요. 나는 많은 작품을 만들라고 일할 팔자를 타고 난 것이 아닌가 싶어요."

끝없는 도전과 탐구의 '칠쟁이' 배금용

고려 나전칠기의 전통을 잇다.[10]

나전칠기는 통일신라시기에 중국의 당나라에서 전해져 발전하였고, 고려에 와서 꽃을 피웠다고 전해진다. 10세기 초부터 14세기는 고려시대 칠공 기술이 비상하게 발전한 시기이다. 특히 11~12세기

배금용씨가 재현한 나전대모국당초문모자합

---

10) 이 부분은 다음의 저서, 논문 및 블로그를 참고하였다. 곽대웅, 『고려나전칠기의 연구』, 미진사, 1984; 김은정, 「高麗時代 螺鈿漆器의 紋樣 및 製作技法 硏究」, 『강좌미술사』 40호, 한국미술사 연구소, 2013; 국립문화재연구소, 『중요무형문화재 제10호 나전장』, 민속원, 2006; ohyh45,「한국의목칠가구-나전칠기(螺鈿漆器)」, 네이버 블로그 (http://blog.naver.com/PostView.nhn?blogId=ohyh45&logNo=20119305411)

경에는 나전 기법의 기술이 절정을 이루어 새롭게 창안된 고려인의 독자적인 양식이 보인다. 즉, 무늬가 대단히 세밀하고 도안화된 연속무늬로 나타나고 있다는 점, 자개뿐 아니라 복채(伏彩)[11]한 대모전 玳瑁鈿(거북등껍데기)을 사용한다는 점, 그리고 외줄 또는 두 줄을 꼬아 만든 금속선을 무늬 표현 재료로 함께 사용하고 있다는 점이 그것이다.

지금 남아 있는 고려 나전칠기 유물 수는 많지 않다. 세계적으로 출토품 5점, 전세품(완성형 14점, 잔편 1점) 15점 등 20여 점이 전해올 뿐이다. 우리나라에는 그 모습을 알아보기 어려운 상태로 훼손된 출토품만 주로 소장되어 있고, 상태가 좋은 전세품들은 모두 다른 나라들에 흩어져 있다. 현재 국립중앙박물관에 소장되어 있는 고려나전은 나전포류수금문향갑螺鈿蒲柳水禽紋香匣, 나전대모국당초문모자합螺鈿玳瑁菊唐草紋母子盒, 나전대모국화문상자螺鈿玳瑁菊花紋箱子, 나전대모국당초문불자螺鈿玳瑁菊唐草紋佛子, 나전국당초문유병螺鈿菊唐草紋油瓶 등이 있다. 그 외 경함류經函類는 대부분 외국 박물관에 소장되어 있는데, 일본 덕천미술관德川美術館에 있는 나전국당초문경함螺鈿菊唐草紋經函을 포함하여 일본에 총 6점이 있고, 미국 보스톤미술관에 있는 나전국당초문경함螺鈿菊唐草紋經函, 영국 대영박물관에 있는 나전국당초문경함螺鈿菊唐草紋經函, 네덜란드 암스테르담의 동

---

11) 대모전(玳瑁鈿)의 이면(裏面)에 설채(設彩)해서 표면으로 비쳐 보이도록 한 기법.

끝없는 도전과 탐구의 '칠쟁이' 배금용

배금용씨가 재현한 나전대모국당초문염주합

양미술관에 있는 나전국당초문경함螺鈿菊唐草紋經函 등이 있다. 그 외 염주합念珠盒, 모자합母子盒 등도 일본, 미국 박물관 등에 소장되어 있다.

1988년 배금용씨가 제13회 대한민국전승공예대전에서 입선한 작품이 바로 나전국당초문경함螺鈿菊唐草紋經函이다. 국당초문菊唐草紋(국화당초무늬)을 나전경함螺鈿經函(나전으로 장식한 대장경을 넣는 함)의 전면에 장식하는 고려시대 경상經箱(대장경을 넣는 상자)의 정형을 재현하였던 것이다. 그러나 그 과정 또한 녹록치 않았다. 고려시대 나전칠기의 특징인 금속선 사용은 민종태 선생에게서 보긴 했으나 직접 해보려고 하니 그리 쉽지는 않았다. 또 주변에 여쭤볼 선생도 없이 단지 사진책 한 권에 의존해서 재현하려고 하니 막막할 때가 한두 번이 아니었다. 그래도 여러 스승한테서 지금까지 배워온 것이 있었기에 재현이 가능했다고 한다.

> "고려시대 나전칠기는 굉장히 오래 걸려요… 선생한테 같은 것을 안 배웠으면 그 방법을 몰랐을 거예요. 어떻게 알겠어요? 보지도 못했지. 듣지도 못했지. 그래도 나는 배웠다는 거. 뿌리에서 배웠다는 거. 그게 큰 도움이 됐죠. 이 경함은 두루마리가 9개가 들어가. 최초로 만든 거는 7개 들어가고. 그게 우리나라에 하나도 없어요. 제가 만들었죠… 나는 그 때 국화당초무늬를 8개로 했는데, 후에 아들이 배우고 오더니 틀렸다는 거예요. 원래는 7개나 9개라는 거죠. 아들은 학교에서 이론을 배우니까. 그러니까 그 애 말이 맞지. 나는 책보고 한 거지만…"

아들 배광우씨(42세)는 용인대학교 문화재학대학원을 졸업하고 2010년 8월 전수조교로 일하고 있다. 배금용씨는 아들의 도움을 받아 고려시대 나전칠기 재현에 더욱 박차를 가했는데, 이미 재현한 고려 나전칠기만 하더라도 나전국당초문경함螺鈿菊唐草紋經函, 나전대모국당초문모자합螺鈿玳瑁菊唐草紋母子盒, 나전대모국당초문염주합螺鈿玳瑁菊唐草紋念珠盒 등이 있다.

끝없는 도전과 탐구의 '칠쟁이' 배금용

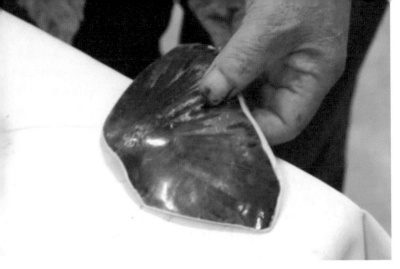

대모

　나전대모국당초문염주합, 나전대모국당초문모자합은 석선錫
線과 황동선黃銅線으로 꼰 금속선으로 국화 당초문唐草汶의 화경花莖
과 계선界線 등을 박았으며, 그 안에 매우 정교한 기법으로 화륜花輪
과 화엽花葉을 나전 처리했다. 이러한 나전무늬 사이사이에는 황색
의 복채伏彩(뒤쪽 면에 색을 칠하는
채색 기법)를 바른 대모玳瑁(거북의
등껍질을 벗겨서 만든 나전재료)를 박

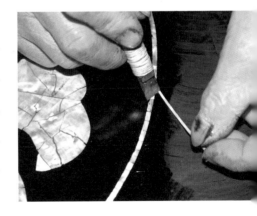

아서 장식했으며, 이 복채는
투명한 대모를 거쳐 비쳐 보
인다. 여기에서 주목되는 것
이 복채 기법인데, 즉 대모전
玳瑁鈿의 안쪽에 색을 칠해서

표면으로 비쳐 보이도록 한 이 기법은 일찍이 당대唐代에도 비슷한 예가 있었지만 이 염주합念珠盒에서 가장 정교하고 아름답게 다루어져 있다. 이것은 고려 나전기법이 보여주는 창의성의 하나다.

배금용씨는 현재 국립중앙박물관의 의뢰를 받아 나전포류수금문향상螺鈿蒲柳水禽紋香箱의 복원 작업을 시작하고 있다. 나전포류수금문향상은 12세기 유물로 고려 나전칠기 중에서도 가장 품격이 있다고 평가된다. 상자의 4면에 다루어진 포류수금문나전蒲柳水禽紋螺鈿의 세련된 기법은 나전공예품으로서는 이례적이다.

끊임없는 도전, 기술에는 최고가 없어요.

"나전칠기 분야에서는 감히 최고라는 단어를 쓸 수가 없어요. 왜냐하면 60년이 넘도록 이 일을 해왔지만 여전히 배워야 할 부분이 생기기 때문이죠… 옛것을 한다고 전통을 그대로 답습해서는 안 된다고 생각해요… 나전칠기는 중국을 통해 우리나라에 들어왔지만, 우리의 나전칠기는 중국 것과는 달라요… 현대의 나전칠기는 조선시대나 고려시대의 것과는 또 다르고요."

끝없는 도전과 탐구의 '칠쟁이' 배금용

옛것을 지키되 그 시대에 맞는 '무엇'을 창조적으로 덧붙여 나가는 일, 이것이 바로 장인이 해야 할 일이라고 배금용씨는 생각한다. 그래서 배금용씨에게 나전칠기 제작은 항상 기술의 도전이었다.

고려나전칠기의 제작만 보더라도 예전에 엿보기만 했던 금속선의 사용부터 복채기법 사용까지 직접 만들려고 하니 책을 보고 연구하고 또 연구해야 했고, 실패에 실패를 거듭해야 했다. 고려나전을 제대로 재현하기 위해 백골에 생칠을 바르고, 삼베 대신 비단을 붙이고, 뼛가루를 옻칠에 섞어 칠죽을 만들어 발라 면을 매끈하게 표현하는 기법을 시도해 보는 것 등은 그에게는 일상이나 마찬가지다. 그는 새로운 것, 어려운 것에 도전할 때 희열을 느낀다고 한다.

건칠乾漆을 사용한 백골 제작도 마찬가지다. 고려나전 염주합과 모자합을 만들 때 배금용씨는 백골을 나무 대신 건칠로 만들어 보면 어떨까 생각했었다고 한다. 건칠은 사실 당나라에서 기원하여 일본에 전해진 기법 중의 하나이다. 먼저, 새끼를 꼬아 형태를 만들고 그 위에 찰흙을 바르고 그 표면에 옻칠을 적신 삼베를 여러 겹 덮는다. 그 다음 새끼를 걷어내 속이 비게 만든 후 말린다. 백골을 나무로 제작하면 잘 틀어지지만 건칠은 오랜 세월을 견딜 수 있다. 그래서 나무로 백골을 제작하는 대신, 과정은 번잡하지만 건칠을 한 번 시도하기로 했다. 지금 그가 소장하고 있는 나전대모국당초문모자합, 나전대모국당초문염주합은 모두 건칠로 만들어진 것이다.

배금용씨는 조선시대 나전칠기를 재현해 보기도 하였다. 제13회 대한민국전승공예대전에서 입선한 다른 한 작품이 바로 조선시대 두루마리문서함이다. 조선시대 나전칠기 작품은 도안이 크

현대적 감각을 갖춘 배금용씨의 창작품

끝없는 도전과 탐구의 '칠쟁이' 배금용

고 성기어 고려시대와 확연한 차이점을 보인다. 유교적 관념이 짙어지면서 나전칠기의 대중화 경향도 짙어져 화조문, 포도문, 쌍학문, 매조문, 사군자과 민화풍의 산수풍경, 십장생문, 석류문 등 문양이 빈번하게 나타났다. 이런 차이점을 연구하고 재현해 보는 것이 그에게는 또 하나의 도전이었다.

창작품 역시 그가 주력하는 나전칠기 중의 하나다. 그는 지금도 작품에 대한 영감을 얻으면 한밤중에도 잠자리에서 일어나 공방으로 달려간다.

"도안이 가장 어려워요. '어떡하면 좀 더 새로운 문양을 만들 수 있을까?' 잠자리에 누워서도 그걸 고민합니다. 길을 걷다가도 TV를 보다가도 신선한 그림이 어디 없나 찾아보게 돼요."

그는 현시대에 맞게 나전칠기 공법도 개선이 필요함을 느끼고 디자인 개발과 함께 레이저를 응용한 절삭 방법과 재래부착의 자동화시스템 개발 등 나전칠기공예의 계승 발전을 위한 기술 개발에도 참여하였다.

배금용씨의 이런 기술에 대한 도전 정신은 전수 조교로 있는 아들에게도 이어졌다. 그는 작품을 통해 나전칠기의 전통 기법으로 디지털 시대를 잘 표현하는 아들 배광우의 창의력을 높이 평가

한다. 배광우씨는 2005년에 '나전칠기 기법으로 만든 멀티PC 생활용품'으로 경기도 공예품 경진대회에서 대상을 받은 이래, 여러 경진대회에서 대상 4회, 금상 3회, 은상 1회, 동상 2회 등 수상을 하였다. 그는 아들이야말로 학문과 기술을 겸비한 인재라고, 지금도 아들에게서 많이 배우고 있다고 말한다.

한 눈 팔지 않고 걸어온 인생이 안겨준 명예

배금용씨는 정말로 '상복 터진 사람'이다. 1988년 대한민국전승공예대전 제13회 입선을 시작으로 '동아공예대전', '경기도공예품경진대회', '전국공예품경진대회'에서 줄줄이 입선되었고, '제8회 대한민국 국제미술대전'에서는 최우수상, 경기도 및 전국 기능경기대회에서는

천년의 광채, 나전칠기장
(경기문화재단 제작,
경기학연구센터 홈페이지에서 시청 가능)

끝없는 도전과 탐구의 '칠쟁이' 배금용

영화 '스캔들'의 나전칠기 소품, 배금용 장인의 작품이다.

은메달을 따내기도 했다.

1998년에는 '경기도 무형문화재 제24호 나전칠기장 칠장'으로 지정받았고, 2001년에는 기능인의 최고 영예인 '대한민국 명장'에 선정되었다. 2004년에는 한양대학교 교육대학원 겸임교수로 임명되기도 하였다.

각종 대회의 수상과 나전칠기 장인으로서 받은 최고의 명예에도 배금용씨는 겸손함을 잃지 않는다.

"'호랑이는 죽어서 가죽을 남기고 사람은 죽어서 이름을 남긴다.'는 말처럼 제 이름 석자 남기기 위해 오늘까지 살아온 게 아닙니다. 그저 먹고 살기 위해, 그리고 저 한사람 믿고 숱한 고생 이겨온 제 집사람 김수자와 큰 아들 배광국, 그리고 대를 잇겠다고 제 곁에서 나전칠기 공예를 배우고 있는 작은 아들 배광우를 위해 열심히 살아왔을 뿐입니다… 그리고 60여 년 동안 종사하고 있는 나전칠기 공예를 천직으로 알고 한 눈 팔지 않고 최선을 다해 왔을 뿐입니다."

오늘도 그는 이른 새벽부터 늦은 밤까지 나전을 하거나 옻칠을 하며 하루를 보낸다. 반짝반짝 빛나는 나전칠기의 내일을 꿈꾸며 그의 도전은 멈추지 않는다.

류 영 희 (사)지역문화연구소 연구원

전수조교 배광우, 보유자의 아들인 그는 나전예술의 정맥을 이어받아
법고창신의 정신으로 나전칠기의 새로운 길을 개척해 나가고 있다.

1944년 10월 15일 전라북도 고창군 고수면 남산리 109번지에서 태어남

1954년 정읍애육원 탈출, 정읍서초등학교 3학년 중퇴

1954년 (고)최준식 선생 나전칠기 공방 입사, 나전칠기 기술 전수받음

1969년 육군보병 35사단 입대, 목공 특기병

1972년 전역

1972년 (고) 민종태 선생 공방 입사

1982년 만정공방 설립

1990년 경기도 우수 공예인 90-6호로 지정

1995년 경기도 및 전국 기능경기대회 은메달 수상.

1998년 경기도 무형문화재 제24호 나전칠기장 칠장 지정

1999년 성남시 신지식인 선정

2001년 국민이 주는 대한민국 국민상

2001년 대한민국 명장 선정

2001년 노동부장관 표창장

2004년 청소년 선도위원 법무부장관위촉장, 경기도 유공자 표창장.

2004년 한양대학교 교육대학원 겸임교수

2005년 성남시 문화상 예술부문 수상

참고문헌

곽대웅, 『고려나전칠기의 연구』, 미진사, 1984.

국립문화재연구소, 『중요무형문화재 제10호 나전장』, 민속원, 2006,

김은정, 「高麗時代 螺鈿漆器의 紋樣 및 製作技法 硏究」, 『강좌미술사』40호,
　　　한국미술사 연구소, 2013.

ohyh45, 「한국의목칠가구-나전칠기(螺鈿漆器)」,
　　　　네이버 블로그(http://blog.naver.com/PostView.nhn?blogId=ohy
　　　　h45&logNo=20119305411)

60년 외길, 악기장 북메우기

임선빈 장인

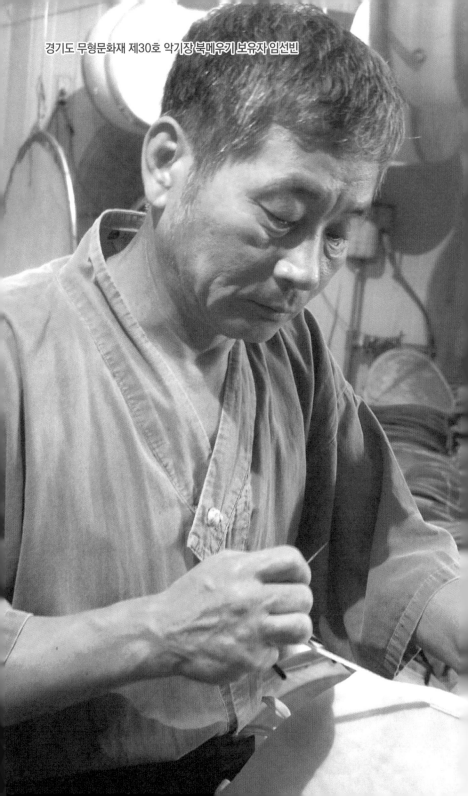
경기도 무형문화재 제30호 악기장 북메우기 보유자 임선빈

전쟁과 소아마비, 불우한 어린 시절

60년이면 강산이 여섯 번이 바뀌는 세월이다. 북메우기 장인 임선빈(70)이 북 만드는 일에 입문했을 때가 11살, 그 해가 1959년이니 내년이면 꼭 60년이 된다. 임선빈은 충북 청주에서 1949년, 한국전쟁이 발발하기 직전에 태어났다. 태어난 날이 음력으로 7월 7일, 즉 칠월 칠석이라서 어릴 때 별칭이 칠성이었다. 3남 6녀 중에 여섯째로 태어났는데 어릴 때 소아마비에 걸려 왼쪽 다리에 장애를 가지게 되었다. 소띠로 태어나서 그런지 어릴 때부터 고집이 셌다. 길을 가다가 넘어지면 누나들이 일으켜 줄 때까지 절대 일어서지 않았다고 한다. 가죽을 다루는 북 만들기를 하게 된 것도 소띠로 태어난 팔자 때문이라는 것이다.

그가 태어난 이듬해, 한국전쟁이 터졌다. 가족들이 모두 피난길에 올랐고 간난 아기였던 그가 소아마비를 앓았지만 전쟁 통이라 제대로 된 치료를 받을 수가 없었고 이로 인해 평생 장애를 갖게 된 것이다.

전쟁이 끝나고 다시 청주로 돌아왔다. 아버지는 전쟁 전에도 이것저것 사업들을 벌였는데 다시 버스 3대를 마련하여 운송 사업을 시작했다. 8세가 되던 1956년에는 초등학교에 입학하였다. 1학년까지 다니다 또다시 아버지의 사업이 실패하자 서울로 이사하였다. 아버지는 다시 을지로6가에서 철공장 사업을 시작하였다. 3학년 때 아버지의 사업은 다시 부도가 났다. 아버지는 새벽에 식구들을 깨워 짐을 싸게 하고는 서부 이촌동 다리 밑에 식구들을 버려두고 큰형과 함께 사라졌다.

그렇게 헤어진 후 30여년이 지나 그가 아버지를 찾았을 때는 그의 아버지는 부산 자갈치시장에서 여동생과 사탕장사를 하고 있었다. 초라한 행색과 보잘 것 없는 부친의 모습을 지금도 잊을 수가 없다. 차라리 만나지 말았을 것을 그랬다. 아버지가 돌아가셨을 때, 그의 눈에는 눈물이 나지 않았다. 그에게 아버지는 이미 오래 전에 그의 가슴 속에서 지워진 존재였는지도 모른다.

넝마주이를 벗어나 평생의 스승을 만나다.

서부 이촌동에서의 생활은 그야말로 잊고 싶은 과거였다. 학교는 고사하고 쓰레기차가 쓰레기를 버리면 그 쓰레기를 주어 연명을 할 정도로 참혹했다. 미군 부대에서 나오는 꿀꿀이죽을 얻어먹기도

했다. 그러다 넝마주이 소굴에 들어가 넝마주이를 했다.[12] 다리가 불편하니 항상 행동이 다른 아이들보다 늦어서 형들에게 구타를 많이 당했다. 한번은 어찌나 심하게 구타를 당했는지 나중에 귀에서 고름이 흐를 정도였다. 그 뒤로 오른쪽 귀가 먹었다. 빨간 벽돌을 무릎 밑에 끼고 앉아 야구방망이로 허벅지를 맞으면 일주일을 일어나지를 못했다. 그는 이때에도 이빨이 다 나갈 때까지 이를 악물고 참아냈다.

그러다 몇몇 형과 친구들이 함께 도망을 나왔다. 기차를 몰래 올라타 의자 밑에 숨었다. 밤새도록 기차를 타고 가다보니 전라도 순천까지 가게 되었다. 새벽에 순천역을 6명이 일렬로 쫙 서서 나오는데 지금 생각하면 그야말로 영화의 한 장면과 같았다. 거기

---

12) 넝마주이는 '양아치'라고도 하였다. 일제강점기때부터 도시에 생겨나 동냥과 폐품 수집으로 생계를 유지했다. 1960년대 초 정부는 '근로재건대'라는 것을 만들어 여기에 등록을 해야만 넝마주이를 할 수 있도록 통제하였다.

서부터 무작정 걸어서 여수의 덕양이라는 곳에 닿았다.

　마침 장날이었다. 다들 밥 얻어먹던 관록들이 있으니 밥을 얻으러 가기로 했다. 나이가 가장 어렸던 임선빈에게 "칠성아, 너 여기 있어라. 형아들이 후딱 가서 밥 얻어다 오마." 이렇게 형들이 떠난 뒤 혼자서 시무룩하게 기다리고 있으니 장터의 아이들이 "거지 거지 상거지"하며 놀려대기 시작했다. 이런 아이들을 제치고 어떤 나이 지긋한 어르신이 나타났다. 그 어른은 임선빈에게 어디서 왔으며 나이와 이름은 어떻게 되냐고 물으셨다. 임선빈은 다시 서부 이촌동으로 가는 날에는 죽는 날이라는 것을 알기에 고아원에서 뛰쳐나왔다고 둘러댔다. 그 어른은 대답을 다 듣고는 그럼 자기를 따라가겠냐고 했다. 밥 얻으러간 친구들이 언제 올지도 모르고 생면부지의 타처에서 의지할 곳이 없었던 임선빈은 푸근한 인상의 어른을 따라가겠다고 했다. 그 어른이 임선빈의 첫 스승인 황용옥 선생이었다.

"밥은 묵었나?" "아니오." "그럼, 국밥이나 먹고 가자꾸나."

임선빈은 그 뜨거운 국밥을 어떻게 그렇게 빨리 먹었는지 지금도 이해가 가지 않는다. 밑바닥의 국물까지 빠득빠득 긁고 있으니 어른은 한 그릇을 더 시켜주었다. 국밥 두 그릇을 순식간에 먹어 치웠다. 냇가로 가서 씻긴 후에 검은 운동화를 한 켤레를 사서 신기고 갱엿도 사주었다. 버스를 타고 다시 기차를 타고 내린 곳이 대구였다. 스승의 집에 도착해 보니 대구 칠성동의 북을 만드는 공방이었다. 그때 임선빈의 나이가 11살이었다.

북 만드는 일에 입문하다.

전수조교이자 아들인 임동국과 작업 모습

60년 외길, 악기장 북메우기 임선빈

대구 공방에는 북 만드는 선생들이 3분이 있었다. 선생들은 쉼 없이 북을 만들었지만 스승은 임선빈에게는 일을 시키지 않았다. 임선빈은 동네 아이들과 딱지치기 등을 하면서 시간을 보내거나 가끔 막걸리 심부름을 하는 것이 전부였다.

그렇게 시간은 흘러 겨울이 왔다. 겨울밤 창문에 달빛이 비치자 임선빈은 부모님 생각이 절로 났다. 울적한 마음에 방 한쪽에 놓여있던 북을 집어 들고 무심코 북을 쳤다. "둥 둥 둥" 북이 세 번 울리는 순간, 방안에 울려 퍼졌던 이 북소리는 임선빈의 운명을 바꿔 놓았다. 겨울 밤 하늘을 가르는 북소리는 방안을 휘돌아 그의 가슴을 후벼 팠다. 북소리가 이렇게 사람의 심금을 울리고 가슴을 울리는지 미처 몰랐던 것이다.

이튿날, 날이 밝자 스승은 임선빈을 불렀다.

"칠성아, 너 밤에 북을 쳤느냐?" 순간, '이제 날호령이 떨어지겠구나.' 하고 "아뇨."

하고 거짓말을 하고 말았다. 그러자 스승은

"그럼 북이 저절로 울렸겠냐? 남자는 목에 칼이 들어와도 거짓말을 하면 안 되는 것이다."

이 말에 실토를 할 수 밖에 없었다.

"예, 제가 북을 세 번 쳤습니다."

이때부터 비로소 스승은 임선빈에게 북 만드는 법을 가르쳐 주기 시작했다. 스승은 임선빈이 스스로 북에 애정을 갖고 북을 만들고자 하는 마음이 생길 때까지 기다리고 있었던 것이다.

스승은 북을 만들 때는 모든 잡념을 버리고 오로지 북소리에 집중하라고 가르쳤다. 북을 두드릴 때 그 소리가 자신의 가슴 속에서 한 바퀴 휘몰아쳐서 나올 정도로 울림이 있어야 진정한 북소리라는 것이다. 수백 번이나 되풀이되는 스승의 이 가르침은 임선빈의 뇌리에 완전히 각인이 되었다. 그는 지금도 어떤 북소리가 가장 좋은 소리인가 하고 물으면,

"사람의 심금을 울리는 북소리가 나와 줘야 해요. 듣는 사람이나 치는 사람으로 하여금 북소리가 한 바퀴 돌아서 가슴에 와 닿아주고 가슴이 뭉클할 정도로 나와 줘야 좋은 소리하고 할 수 있죠."

라고 대답한다. 이러한 그의 북소리에 대한 철학은 아마도 그의 첫 번째 스승을 만나면서 형성되었을 것이다.

대북을 처음 만들다.

당시 북 공방에서 주로 만들었던 북은 매구북, 소리북, 법고 등이었다. 매구북은 그 어원이 여럿 있지만 임선빈에 의하면, 농악을 할 때 어깨에 매고 쳤다고 해서 매구북이라는 것이다. 가죽에 구멍을 뚫어 끈을 X자로 교차하면서 가죽을 매웠다. 소리북은 판소리를 할 때 치는 북이다. 소리북은 고장북이라고도 하는데 끈 대신에 못을 박아서 가죽을 맨 것을 말한다. 법고는 절북이라고도 하는데 사찰에서 아침·저녁 예불 때와 법식을 거행할 때 치는 북을 말한다.

임선빈이 점점 북 만드는 기술이 좋아지자 점차 그가 만든 북소리가 좋다는 소문이 났다. 그러자 공방에 있었던 선생들이 이를 시기하기 시작했다. 아침부터 저녁까지 꼬투리를 잡아 욕을 하는 것이었다. 그러나 그는 이를 견디며 북을 묵묵히 만들었다. 스승도 점차 그에게 요구하는 말씀이 많아졌다. 그러기를 여러 해가 지났다. 좁고 폐쇄된 공방에서 하루 종일 북 소리와 씨름을 하다 보니 청각에도 이상이 생겼다. 왼쪽 귀마저도 들리지 않게 된 것이다. 결국 보청기를 끼지 않으면 대화가 불가능한 청각 장애자가 되었다. 이때부터 소리를 귀가 아닌, 손끝과 가슴으로 듣는 법을 터득하기 시작했다.

17세가 되던 해, 그는 자신의 기술에 어느 정도 자신을 가지게 되었다. 그런데 일찍이 스승이 일깨워 준 북소리의 경지에 도달하지 못하는 이유에 대해서 의문이 들었다. 그 이유를 깨닫게 된 계기는 속리산 대북을 만들면서 찾아왔다. 스승은 목욕탕에 데려가 목욕을 시키고는 머리를 박박 깎였다. 그리고는 스승은 그를 보고 가르침을 주었다.

"대북을 만들 때는 항상 머리를 자르고 아침, 저녁으로 찬물로 목욕재계를 해야 한다. 그리고 대북 앞에서는 자존심을 버리고 욕심을 버려라. 그래야 그 북을 만들 때 진정이 되느니라."

이 가르침은 아직까지도 그의 철칙이 되었다. 이렇게 북을 만들기 시작해서 몇 개월 만에 드디어 대북이 완성되었다. 그런데 놀라운 일이 벌어졌다. 임선빈은 선천적으로 왼쪽 다리가 마비되어 힘을 쓸 수가 없었다. 대북을 만들 때는 작은 북을 만들 때와는 달리 이리저리 움직이면서 북을 만들어야 한다. 대북을 다 만들고 나서 걸음을 걸어보니 마비된 왼쪽 다리가 땅에서 떨어져 걷고 있었다. 그 전에는 다리에 힘이 없으니 땅에 끌렸지만 분명 예전과는 달라진 것이다. 지금 생각해 보면 대북을 만들면서 혼신을 다해 만들다 보니 다리에 힘이 들어가 단련이 되었던 모양이다.

이렇게 대북을 만들고 나서야 북과 그 소리에 대해 어렴풋하게 알게 되었다. 그리고 그 동안 풀리지 않았던 의문이 풀리는 것을 느꼈다. 그것은 북에 대한 경건함과 겸손함, 자존심을 버리고 욕심을 버려야 좋은 소리를 얻을 수 있다는 것을 깨달은 것이다.

스승은 세상을 떠나고 또다시 홀로 남아

19세가 되던 해, 스승이 쇠약해져서 자리에 눕게 되었다. 그러자 스승은 조용히 그를 불렀다.

"지금 하는 이야기는 정신을 똑바로 차리고 들어야 한다. 이 북이라는 것은 천하의 못 배운 놈들이 만드는 것이다. 옛날로 얘기하면 천하의 상놈들이 만드는 것이다."

임선빈은 스승의 이 말이 도대체 무슨 의미인지 알 수가 없었다. 기껏 북 만드는 것을 다 가르쳐 주고 나서 이 무슨 말인가? 풍천 임씨라고 하면 양반 자손인데 내가 만드는 북이 상놈들이 만들던 것이란 말인가? 갑자기 그는 자신의 정체성과 북 만드는 일에 대해서 혼란스러워졌다. 그렇게 스승은 세상을 떠나셨다. 스승은 마지막 가시는 길에 사랑하는 제자에게 왜 이런 매정한 말씀을 남기셨을까? 아마도 스승은 아끼는 제자에게 험난하고 고될 뿐만 아니라 제대로 대접받지도 못하는 장인의 길을 엄중하게 경고하셨던 것이다. 자기가 아무리 북을 잘 만들고 소문난 장인이라도 세상은 아직도 이 일을 천하게 여기고 높이 받들지를 않으니 자만하지 말고 묵묵하게 제 길을 가라는 가르침이었을 것이다.

이렇게 스승이 세상을 떠나시자 공방의 선생들도 하나둘 떠나갔다. 그것도 밀린 월급도 받을 수가 없으니 북 만드는 연장들을 이것저것 챙겨서 떠나 버렸다. 그도 결국 이 공방을 떠날 수밖에 없었다.

　　공방을 떠나 열쇠공 생활을 하면서 이곳저곳을 떠돌아 다녔다. 6~7년의 방황 끝에 삶에 대한 의욕을 상실한 임선빈이 마지막으로 향한 곳이 팔공산의 어느 절이었다. 세상을 버리고 출가를 할 생각이었다. 대웅전에 올라 하늘을 쳐다보니 처마 끝 단청을 한 용머리가 눈에 들어왔다. 용의 눈과 마주친 순간, 소름이 쫙 끼치며 발이 땅에 붙어 떨어지지가 않았다. 이때 화려하게 채색된 단청을 보며 북에다 단청을 하면 어떻겠나 하는 생각이 들었다. 단청을 입혔다는 스님을 찾아 자초지정을 말하고서는 종이에 용을 그려달라고 부탁을 했다. 용 그림에 연필로 일일이 색깔을 써서 도안을 완성하였다. 그리고는 다시 산을 내려왔다. 중이 되겠다고 절에 올라간 지 4시간여 만에 새로운 북을 만들어 보겠다고 속세로 돌아온 것이다. 산을 내려와서 향한 곳은 원래 스승의 공방이 있었던 대구 칠성동의 김종문 선생 공방이었다. 그때가 임선빈이 27세가 되던 해였다.

다시 일어나 배움의 길로 나서다.

평창 2018 패럴림픽 대고 (대북)

임선빈 장인이 기증한 작품이다.

대구 칠성동에는 스승이 경영했던 공방을 포함하여 3개의 북 공방
이 있었고 김종문 선생 공방은 그 중에 하나였다. 김종문 선생은
지금은 대구광역시 무형문화재(제 12호)가 되어 있다. 당시에는 북에
단청을 하는 기술이 보편화되지 않아서 절에서 단청하는 사람들
을 찾아다니며 배워야 했다. 안료와 이를 배합하는 법을 배워서 드
디어 단청북을 출시하기 시작했다. 김종문 선생 공방에서는 3~4년
정도 일을 하다 보니 자신의 기술이 더 이상 발전하지 못함을 느꼈
다. 그것은 북을 만드는 공정에서 가죽을 다루는 법을 제대로 배우

지 못했기 때문임을 깨달았다.

그러다 31세가 되자 부산에 김갑득 선생이 북을 잘 만든다는 소문을 듣게 되었다. 그 길로 김종문 선생의 공방을 나왔다. 막상 찾아간 부산의 김갑득 선생의 공방은 이루 말로 할 수 없을 정도로 초라했다. 그곳에서 북을 만들고 계신 선생을 보니 처음으로 북을 배웠던 시절이 떠올랐다. 그는 선생에게 무릎을 꿇고 결연하게 입을 열었다.

"선생님, 제가 북 만드는 것에 미처 배우지 못한 것이 있습니다."
"그래, 무엇을 배우고 싶으냐?"
"북 만드는 것은 남에게 떨어지지 않는데 가죽 다루는 공정을 미처 배우지 못했습니다."

진정으로 기술을 배우고자 하는 임선빈의 부탁을 선생은 차마 거절하지 못했다. 당시에는 소가죽을 사기가 쉽지 않았다. 좋은 가죽을 구하기 위해서는 도살장을 찾아가 지키고 앉아 있어야 했다. 풍년초 담배 몇 갑을 사다가 도살꾼에게 뇌물을 주면 그나마 칼집을 조금만 내고서 가죽을 내어 주었다. 그렇게 어렵게 가죽을 구해오면 김갑득 선생이 가죽을 다루는 전 과정을 가르쳐 주었다. 대신 임선빈은 3개월 동안 무보수로 일을 해 주었다.

그가 모든 과정을 익힌 후 공방을 나오자 1년이 지난 뒤에 김갑득 선생은 세상을 떠났다. 임선빈은 김갑득 선생이 그의 기법을 전수해 준 마지막 제자가 된 셈이다.

88올림픽 대북 제작에 참여하다.

김갑득 선생의 공방을 나오자마자 대구의 북 공방으로 스카우트가 되었다. 그곳을 다니면서 지금의 아내를 만났다. 아내를 만나 결혼식도 제대로 올리지 못한 상태에서 1984년에 아들 임동국씨가 태어났다. 1986년에 임선빈은 대전에 있는 북 공장으로 일자리를 옮겼다. 대전 북 공장의 사장은 젊은 나이라 사업에 추진력이 있었다. 그 북 공장의 사장은 현재 대전광역시 무형문화재(12호)로 지정된 김관식씨였다. 사장은 그에게 10년 간 이곳에 있으면서 일을 거들어 주면 북 공장을 차려주겠노라고 약속을 했다. 임선빈은 북 공장을 차려주겠다는 말에 귀가 번쩍 띄었다. 지금까지도 고생하면서 버텼는데 10년을 못 기다리겠는가 하고 성심껏 일을 하였다.

1987년이 막 시작할 즈음에 사장이 갑자기 대북을 만들어 볼 수 없겠냐고 의향을 물었다. 북의 울림판이 2미터 20센티미터에 통길이 2미터 30센티미터 정도였으니 당시 한국에서는 최대 규모였다. 여러 장인들과 합심하여 북을 거의 다 만들 즈음에서야 이 북이 88올림픽 개막식을 위해 기증하려는 북이라는 것을 알게 되었다. 이 북은 올림픽 개막식에 등장하여 이후 많은 주목을 받았다. 이 대북은 올림픽이 끝나고 서울올림픽 기념관에 전시되었다.

이처럼 당시로서는 최대 규모의 대북 제작에 참여하면서 실제 주도적으로 일을 해냈지만 후에 이것이 그에게 쓰라린 시련을 줄지 어찌 알았으랴? 그 시련은 10여 년이 지난 뒤에야 닥쳐왔다. 그 전까지 그는 이 공장에 있으면서 올림픽 북을 시작으로 청와대 춘추관 북, 통일전망대 북, 대전엑스포 북 등 여러 대북 제작에 참여하였다.

국내 최대의 북, '안양시민의 북'을 만들다.

임선빈은 9년 4개월 만에 이 공장을 나왔다. 6개월만 더 있으면 약속했던 북 공장을 인수받을 수 있었으나 공장 측에서 자신을 부담스러워하는 눈치가 보였고 자신 역시 여러 대북을 만들며 습득한 기술에 자신이 있었으므로 미련 없이 공장을 그만두었다. 그러자

대고

안양에서 사람이 찾아왔다. 그가 공장을 나왔다는 소식을 어떻게 알았는지 그를 스카우트를 하기 위해 찾아온 것이다. 찾아가 보니 그곳은 방짜유기의 중요무형문화재(제77호)로 활동하고 있었던 이

60년 외길, 악기장 북메우기 임선빈

봉주 선생의 공방이었다. 그때가 1996년이었다. 이봉주 선생은 전수조교인 아들 이형근 씨와 함께 방짜유기 외에 꽹과리나 징도 만들고 있었는데 북과 장구도 같이 만들어 판매하고자 하는 계획이 있었던 것이다.

그런데 가죽과 쇠는 상극이라 쇠를 다루는 공장에서 북을 만드는 것은 참으로 난감한 일이었다. 가죽에 쇳가루라도 날리게 되면 그 가죽은 쓸 수가 없게 되는 것이다. 이봉주 선생은 이후에 안산으로 이전을 하기 위해 새로운 공장을 짓고 있었다. 그때까지만 참고 일을 해달라는 것이다. 일단은 일을 시작했으나 장소도 협소하고 환경도 잘 갖춰져 있지 않으니 생산량이 많지가 않았다. 결국, 얼마 있지 않아 이형근씨와 함께 안산 공장으로 먼저 들어가게 되었다.

안산으로 이전할 즈음에 이봉주 선생이 제안을 하였다. 안산으로 옮기게 되면 오랫동안 활동했던 안양을 떠나는 것이 섭섭하니 안양시에 대북을 기증하고 싶다는 것이다. 임선빈은 이 말에 손바닥을 치며 쾌재를 불렀다. 드디어 자신의 이름을 건 대북을 만들 기회가 온 것이다. 대전에서 올림픽 대북을 만들 때는 10여 명이 함께 만들었지만 이번에는 아내와 종업원 1명만 데리고 대북을 만들었다. 대북을 만들 때는 최소한의 인원이라야 집중을 할 수가 있고 이렇게 만들어야 좋은 북을 만들 수 있다는 것이 그의 지론이다.

이제는 올림픽 대북의 기록을 깨는 것이 그의 목표가 되었다. 1997년 3월부터 작업을 시작하여 8개월 만인 11월에 북이 완성되었다. 준비 과정까지 합치면 약 2년 6개월 정도가 소요되는 대장정이었다. 원래는 울림판이 2미터 40센티미터, 통길이 2미터 60센티의 북을 만들려고 했지만 통이 너무 길어 안양시청 로비에 들어가지를 못한다니 길이를 줄여 2미터 20센티미터로 만들었다. 이 북을 만들기 위해 6백㎏이 넘는 소 2마리의 가죽이 들었다. 이렇게 해서 국내에서 가장 큰 북이 탄생하였다.

시련을 딛고 인간문화재가 되다.

이 소식이 전해지자 매스컴에서는 난리가 났다. 방송국과 주요 신문사들에서 인터뷰가 쇄도하였다. 호사다마라고 했던가? 좋은 일이 있으니 엉뚱한 곳에서 시련이 닥쳤다. 모 유력 일간지와의 인터뷰에서 어떤 어떤 대북들을 만들었는지 설명하는 과정에서 문제가 생긴 것이다. 즉, 본인이 88올림픽 대북을 비롯한 여러 대북 제작에 참여했다는 발언이 마치 본인 혼자 제작했다는 것처럼 보도

가 나갔고 이 기사를 본 대전 북 공장 사장 김관식 씨가 이를 문제 삼은 것이다. 결국 법정 소송까지 가게 되었지만 임선빈은 혐의가 없다고 판결이 나왔고 다만 신문사 측에서 정정 보도를 내고 대전 북 공방에 배상금을 지급하는 것으로 마무리가 되었다.[13)

이 과정에서 그는 억울한 사정을 여러 사람들에게 호소했지 만 모두에게 외면당하고 말았다. 다행히도 수소문하여 알게 된 인 권변호사의 도움을 받아 어렵게 재판에서 무혐의 판결을 받을 수

---

13) 정정 보도의 내용은 다음과 같다. "88올림픽대북 등 이름난 북들은 여러 명 장인들이 합심해 만 드는 것으로서, 이러한 북들의 기획 설계 제작 기증은 대한민속국악사(사장 김관식)에서 주관 했고, 임씨는 당시 대한민속국악사 공장장이었던 것으로 밝혀졌습니다. 아울러 김관식 씨는 3 대째 장인 정신에 의해 북을 만들어오고 있습니다." 「바로 잡습니다」, 『조선일보』, 1998.01.17.

가 있었다. 그 인권변호사가 이후에 알아보니 국회의원 6선을 한 고故 박한상 변호사였다. 무혐의 판결에 따라 200만 원 정도의 재판 손실 비용이 나왔다. 재판을 위해 본인도 천여 만 원 정도 경비가 소요되었지만 자신을 도와준 인권옹호협회를 찾아가 이 돈을 모두 내 놓으며

"이후에 나보다 더 억울한 사람이 있을 것입니다. 그때 더 열심히 애써 주시기 바랍니다."

하고 돌아왔다. 그는 이 일을 겪으면서 자신은 지금껏 성심을 다해 일을 했고 다른 사람들에게 피해가 가지 않도록 노력했건만 세상의 모든 일이 자신의 마음과 같지 않음을 새삼 깨달았다.

비온 뒤에 땅은 굳기 마련이고 고진감래라고 했던가? 시련이 있은 후 2년 뒤인 1999년 10월 18일에 임선빈은 경기도 무형문화재(제30호, 악기장 북메우기)로 선정되었다. 그런데 무형문화재로 지정된 후에는 또 다른 고민이 생겼다. 문화재라는 감투를 쓰고 나니 남의 공방에서 상품을 만들어 팔고 있는 현실을 자존심이 허락하지 않은 것이다.

"여즉까지 내가 돈을 못 벌고 허덕였지만 이거는 지켜야 되지 않겠느냐? 명색이 그래도 문화 쉬라는 사람이 밥 한 끼 먹겠다고 마음에도 없는 물건을 만들어서 팔개 되면

아무나 만들어서 팔면 되지 굳이 나를 갖다가 무형문화재라고 앉힐 필요가 없지 않겠느냐?"

결국, 이렇게 해서 이봉주 선생의 공장 생활을 13년 만에 청산하였다. 이제야 이름이 좀 나고 기술도 누구보다도 자신이 있어 '지금부터는 돈을 좀 벌겠구나.'하는 생각도 했지만 또다시 돈과는 거리가 먼 길을 선택한 것이다.

제야除夜의 종은 있는데 왜 영신迎新의 북은 없는가?

공장을 나오자 그는 그렇게 마음이 홀가분할 수가 없었다. 이제는 자신이 하고 싶은 일도 하고 더 배우고 싶은 것도 배울 수 있고 어디 가서 북 만드는 것에 대한 교육도 하고 싶었다. 무엇보다 그 전부터 가장 궁금했던 것을 찾아보기 시작했다. 그것은 해마다 연말이 되면 보신각에서 종은 치는데 왜 북은 치지 않을까? 제야의 종이 있으면 새해를 맞는 영신의 북도 있어야 하는 것이 아닐까? 하는 의문이었다. 여기저기 자문을 해 보니, 종은 아주 오래 전에 만든 것이라도 그 유물이 잘 보존되어 있지만 북은 연대가 오래 된 것이 거의 없기 때문에 문화재적 가치가 덜하다는 것이다. 그래서 영신의 북이 없다는 것이다.

이 이야기를 들으니 그는 분이 차올랐다. 자신은 온갖 고초를 무릅쓰고 북의 맥을 이어나가려고 노력해 왔는데 이 무슨 소리인가? 그렇게 북이 문화재적 가치가 없다면 자신을 왜 무형문화재로 지정했다는 말인가? 북도 북이려니와 북을 만드는 사람마저도 제대로 대접을 받지 못했다는 생각이 들었다. 예로부터 북을 만드는 사람은 소를 잡은 백정과 같이 천한 사람이었다는데 자신의 처지가 꼭 그러했다. 자신도 가죽 한 장을 얻기 위해서 직접 소를 잡기도 했다. 그가 처음 북 만드는 일을 배울 때, 북은 배우지 못하고 무식한 상놈이 만드는 것이라는 스승의 말씀이 새삼 떠올랐다. 이러한 이유 때문에 임선빈은 무형문화재 임명장을 받는 날에도 어느 누구에게 자랑도 하지 못하고 혼자서 울음을 삼킬 수밖에 없었던 것이다.

그러나 이제 그는 자신만의 공방을 가지게 되었고 자신의 힘으로 대북을 제작할 수 있게 되었다. 언젠가는 자신의 작품을 제대로 만들어 기증을 해야겠다고 다짐했다. 그 기회는 2018년이 되어야 찾아왔다. 그해 3월 평창 동계페럴림픽이 열렸다. 개막식 행사를 위해 그는 1년여의 작업 끝에 국내에서 세 번째로 큰 대북을 제작하였다. 그는 자신이 2급 장애를 가지고 있지만 꿋꿋하게 이겨내고 이렇게 큰 북을 만드는 문화재가 되었다는 것을 다른 장애인들에게 보여주고 싶었다. 그래서 그들에게 힘을 주고 싶었다. 그가 만든 대북은 개막식에서 세계인이 지켜보는 가운데 웅장하게 울려 퍼졌다. 임선빈은 자신이 만든 대북이 그의 이름으로 올림픽 기념관에 전시되어 후대에게 전해지기를 소망하고 있다.

북의 역사와 지난한 북 만들기

북통의 재료가 되는 나무 쪽들

북은 원래 종鐘만큼이나 그 연원이 오래되었다. 기원 전 3,000년
경의 고대 오리엔트 조각 유물에는 가죽 면을 가진 큰 북이 새겨
져 있다. 중국에서도 상나라 갑골문자에 '고鼓'라는 문자가 보인다.

60년 외길, 악기장 북메우기 임선빈

북을 뜻하는 '鼓'자는 나뭇가지支를 손에 들고 장식士이 있으며 받침(业)이 있는 북口을 치는 모양으로 이루어져 있다.[14] 우리나라의 경우, 『삼국지』위서魏書 한전韓傳에 보면, 삼한시대에 소도가 있었다. 그 소도는 신성불가침神聖不可侵 지역이었다. 그 중앙에는 긴 장대가 서 있었는데 그 장대 끝에 매달려 있었던 것이 바로 방울과 북이었다.

> "귀신을 믿으므로 국읍國邑에서는 각기 한 사람을 뽑아 천신에 대한 제사를 주관하게 하였는데, 이 사람을 천군天君이라 부른다. 또 이들 여러 나라에는 각각 별읍別邑이 있는데 이것을 소도蘇塗라 한다. 큰 나무를 세우고 거기에 방울과 북을 매달아 놓고 귀신을 섬긴다."

부여에서도 정월 축제로 '북을 맞이한다'는 영고迎鼓가 있었으니 북은 예로부터 신을 섬기고 축제를 열 때 사용했던 중요한 의례 도구였다. 뿐만 아니라 북은 왕의 행차에서도 반드시 필요한 악기였다. 왕실이나 민간에서도 북은 필수적인 악기였고 신문고와 같이 억울한 일이 있을 때도 북을 울렸다.

북의 종류도 여러 가지가 있다. 북은 형태에 따라 고鼓와 도鼗로 구분된다. 북채로 북면을 두드려서 소리를 내는 일반적인 북을

---

14) 국립문화재연구소 편,『악기장』, 민속원, 2006, 138~139쪽.

고라고 한다. 반면에 북통에 끈을 매달아 흔들어 소리를 내는 것을 도라고 한다. 도에도 북면이 둘, 넷, 여섯인 것이 있다. 기능에 따라서도 북은 종교의례용 북과 연주용 북으로 나뉜다. 무속의례에서도 북이 쓰이고 불교의례에서 쓰이는데 이 북을 '법고法鼓'라고 한다. 종묘제례 등 유교의례에서 사용되는 북에는 노고路鼓, 뇌고雷鼓, 영고靈鼓, 진고晉鼓, 절고節鼓 등이 있다. 연주용 북으로는 궁중음악과 춤에 사용되는 북, 군례와 행차에 사용되는 북, 풍물 북, 소리 북 등이 있다.[15]

북을 만들 때는 일반적으로 북통의 재료인 나무 고르기, 북통 제작하기, 가죽 다루기와 북 메우기, 북에 장식하기 순서로 진행된다.[16] 같은 크기의 판자를 여러 쪽 대어 만드는 북을 '쪽 북'이라 하고 통나무를 파서 만드는 북을 '통 북'이라고 한다. 쪽 북을 만들 때는 대개 소나무를 쓰고 통 북을 만들 때는 오동나무를 쓴다. 쪽 북을 만들 때는 먼저 통의 길이에 맞게 여러 쪽의 판자를 자른다. 북통이 곡면인 만큼 북 쪽들은 곡면으로 휘도록 잘라야 한다. 그리고 여러 쪽이 빙 둘러 붙여질 수 있도록 안쪽 각을 맞추어 다듬어야 한다. 그 다음에는 쪽을 붙이는데 북 통의 원주와 같은 테를 위와 아래에 두르고 안쪽으로 쪽을 하나씩 붙여나간다. 쪽은 멥쌀

---

15) 위의 책. 152~160쪽.

16) 북 만드는 과정은 위의 책. 169~227쪽 참조.

임선빈 장인의 작업대

이나 찹쌀 풀을 이용하여 붙인다. 북 쪽이 잘 마르면 북 가장자리와 북면을 잘 다듬는다. 북통 안쪽에 한지를 바르고 북 안쪽에는 북 통을 견고하게 지탱하기 위해 테를 만들어 넣는다. 위와 아래에 테를 넣고 그 테 사이에는 버팀목을 넣어 안 테를 지탱하게 한다. 바깥의 테를 벗겨낸 후 겉면에 광목을 바르면 북통이 완성된다.

그 다음에는 북통에 가죽을 붙이는 북 메우기 과정에 들어간다. 가죽은 미리 손질을 해 놓아야 하는데 소의 생가죽에 석회를 입혀서 접은 다음 잿물에 2~3일 넣어두면 털이 싹 제거된다. 그 다음에는 가죽 안쪽에 남아 있는 기름 등 찌꺼기를 제거하는 '무두질'을 해 주어야 한다. 기름기가 완전히 제거되는 것보다는 절반쯤 빠진 상태가 적당하다. 무두질한 가죽은 넓은 나무 판 위에 올려놓고 말린다. 가죽이 마르면 줄어드는 성질이 있기 때문에 이때는 나무판에 못을 쳐서 고정시켜야 한다. 이를 '쟁치기'라고 한다. 잘 마른 가죽은 접어서 보관해 두었다가 북 메우기 작업 전에 물에 불려서 사용한다.

가죽 건조의 과정을 설명하는 임선빈 장인

북에서 가장 중요한 재료가 되는 가죽은 섬세한 처리와 관리가 중요하다. 임선빈은 공방에 가죽이 들어오는 날이면 당분간은 집에 들어가지를 못한다. 여름에는 높은 습도 때문에 매일 가죽을 빨고 그 다음에는 냉동고에 넣어 두는 일을 계속해야 한다. 겨울에는 가죽이 어는 것을 막기 위해 솜이불을 덮어주는 등 관리를 소홀히 할 수가 없다.

가죽도 부위에 따라 다른 북을 만든다. 임선빈에 의하면, 목 부위는 소리북을 만든다. 등 부위는 풍물북을 만든다. 엉덩이 부

제작이 완료된 북통들

위는 사물놀이 북을 만든다. 배 부위는 무속에서 사용하는 북을 만든다. 대북은 네 부위가 모두 붙기 때문에 소리를 조정하는 것이 관건이다.

북 메우기는 소리를 잡는 가장 중요한 공정이다. 그래서 무형문화재 분야에서도 북을 만드는 분야를 '북 메우기'라고 지칭한다. 가죽을 붙일 때는 줄로 가죽을 지탱하기도 하고 못을 박아 지탱하기도 한다. 북통에 가죽을 대고 점차 늘리면서 고정하게 되는데 북이 큰 경우는 사람이 올라가서 발로 밟으며 가죽을 늘린다. 가죽이 충분히 늘어나면 못이나 줄로 완전히 고정하고 가장자리 가죽을 잘라낸다.

섬세하게 북 소리를 잡아야 하는 공정에서 청각 장애는 치명적이다. 그런데, 임선빈이 북 소리를 잡을 때는 귀에 꽂은 보청기를 아예 빼 놓고 작업을 한다. 오랜 세월 작업을 하면서 손끝의 감

완성된 풍물북

각과 가슴의 울림만으로 소리를 잡아내는 그만의 노하우를 익힌 것이다.

그렇다면 어떤 북소리가 좋은 소리인가? 임선빈에 의하면, 법고는 그 소리가 법당 안에 휘돌아쳐서 북을 치는 사람의 가슴에 와 닿아 주어야지 좋은 소리다. 사물북은 단편을 칠 때 둔탁하게 '땅 땅 땅' 소리가 나와 줘야지 좋은 소리다. 풍물북은 여러 사람이 흥겹게 같이 놀 때 거기에 같이 어울릴 수 있는 소리가 좋은 소리다. 소리북은 소의 목 부위의 가죽이라 지방질이 많아 다른 어떤 소리보다 둔탁하고 묵직하게 나온다. 그래야 창을 하는 사람의 소리를 잡아줄 수가 있다. 그래서 소북 중에서는 소리북 만들기가 가장 어렵다고 한다.

북 메우기가 완성되면 단청을 한다. 용이나 삼태극, 팔괘, 꽃과 구름, 봉황 등을 그려 넣는다. 안료는 동양화를 그리는 물감을

60년 외길, 악기장 북메우기 임선빈

아교에 이겨서 쓴다. 단청을 하고 북을 올려놓거나 걸어 놓는 북틀을 만들면 모든 공정이 끝난다.

대북을 만들 때는 소북을 만들 때보다 정성과 마음가짐이 각별하다. 임선빈은 대북을 만들 때면 삭발을 하고 목욕재계를 한 뒤 작업을 시작한다. 북을 만드는 과정에서 짜증을 내거나 큰소리를 내서도 안 된다. 대북을 만들기 전과 완성한 후에 고사를 드린다. 북통을 다 만들어 놓고 가죽을 씌우기 전에 고사를 드린다. 돼지머리와 시루떡을 올리고 막걸리도 부어 놓는다. 북에는 실타래를 감고 집게마다 돈을 걸어 놓기도 하였다. 북이 다 완성되고 공장을 나갈 때도 고사를 지낸다. 이때는 풍물패가 와서 풍물을 쳐주기도 한다. 이 북이 세상 밖으로 나가니 많은 사람들에게 감동을 주고 좋은 소리를 낼 수 있도록 기원을 하는 것이다. 요즘에도 특별한 의미가 있는 북은 고사를 반드시 지낸다. 이런 대북을 만들 때는 준비 과정까지 합쳐서 최소 1년 6개월 정도가 소요된다. 실제 작업 기간도 6~7개월 정도가 걸리는 대장정이다.

장인의 길, 끊임없는 고난의 길

2018년 현재 악기장 중 북메우기 분야에는 중요무형문화재로는 제42호인 이정기 장인이 있고 시·도 문화재로는 안양의 임선빈 외에 몇 명이 더 있다. 원래는 북 만드는 공예기술인 북메우기 종목이 따로 있었는데 1995년 3월 16일에 악기장에 통합되었다.

임선빈은 무형문화재로 지정된 이후로 1년에 두 번의 전시회를 열고 있다. 한 번은 개인전 등 자율적으로 전시회를 열고 또 한 번은 경기도의 행사 때 합동 전시회에 참여한다. 요즈음은 합동 전시회를 경기도 무형문화재축제 기간에 개최한다. 이렇게 임선빈은 의무적으로 일 년에 2번의 전시회를 치러야 한다. 그런데, 지금 받고 있는 지원금으로는 2번의 전시회를 치르기에는 그 예산이 턱없이 부족한 실정이다.[17]

전시회를 소규모로 할 때도 3~4백만 원 정도가 소요되며 조금 크게 할 때면 1천만 원이 훌쩍 넘어간다. 현재 경기도의 무형문화재 보유자들은 매달 130만 원씩 전수 지원금을 받고 있다.

---

17) 「경기도 문화재 보호 조례」 제53조의6(도무형문화재 보유자의 기·예능 공개)에 의하면 다음과 같다. ① 도무형문화재의 보유자는 규칙으로 정하는 특별한 사유가 있는 경우를 제외하고는 매년 1회 이상 해당 도무형문화재의 기·예능을 공개하여야 한다. ② 제1항에 따른 도무형문화재의 기·예능의 공개 방법 등은 규칙으로 정한다. ③ 도지사는 제1항에 따른 공개에 필요한 비용의 전부 또는 일부를 예산의 범위에서 지원할 수 있다.[본조신설 2016.07.19.] 그런데, 지자체마다 의무적으로 치러야 하는 행사 횟수와 추가로 지원하는 금액이 제각각이다.

전시회를 열 때는 비용의 일부가 지원된다. 그러나 이 돈을 모두 모아도 2번의 전시회를 치르는 데는 역부족이다. 1번 정도는 잘 치를 수가 있으나 2번째는 사재를 털어야 전시회를 치를 수가 있다.

　문제는 이렇게 어렵게 전시회를 치르기는 했지만 전시를 위해 특별히 제작한 북들을 처분할 수가 없다는 것이다. 시에서 매입을 해 주는 것도 아니고 개인들에게 판매하는 것도 한계가 있으니 그 처리가 참으로 난감하다. 더군다나 그가 만드는 북은 크기가 작은 북도 있지만 대북과 같이 크기가 큰 북은 옮기기도 어렵고 보관도 쉽지가 않다. 마냥 공방에 쌓아둘 수도 없으니 어쩔 수 없이 다시 북을 뜯어낼 수밖에 없다. 자식과 같은 북을 뜯어내면서 남몰래 흘렸던 눈물이 한두 번이 아니다.

　맘껏 작업을 할 수 있는 공방을 마련하는 일도 쉬운 일이 아니다. 20여 년 전 안양유원지 내 김중업박물관이 지어질 때 안양시장으로부터 그곳에 공방 자리를 약속받은 적이 있었다. 그런데 그 자리에서 유물이 나오면서 공사가 길어지게 되었다. 공사가 마무리되는 6년 동안을 기다렸지만 그 사이에 시장이 바뀌었고 결국 이 일도 허사가 되어버렸다. 어쩔 수 없이 공방과 집은 안양에 있지만 공장은 2012년에 안양이 아닌, 시흥에 겨우 공장을 차릴 수 있었다. 하지만 이 공장도 공장주에게 생산한 북들을 도매가의 일부를 할인해서 넘기는 조건으로 임대를 하고 있는 형편이다. 사정이

대북 앞에 선 임선빈 장인과
전수조교이자 아들인 임동국씨

이렇다 보니 정식으로 북 공장 간판도 달지 못하고 있다.

남들이 겉으로 보기에는 무형문화재라고 하면 번듯한 공방에서 돈도 잘 벌고 전수생들도 많이 거느리고 있을 것 같지만 대부분 장인들은 그렇지 않다. 겨우 생계를 유지하거나 전수생 하나 없이 홀로 명맥을 이어나가는 장인들도 부지기수다. 임선빈은 그나마 아들이 업을 이어받고 있어 다행이다.

아들 임동국(36세)은 2010년부터 전수조교가 되어 북메우기의 맥을 잇고 있다. 아버지는 아들이 북 만드는 일을 하는 것을 원치 않았다. 이 일이 얼마나 고달픈 것인가를 누구보다도 잘 알고 있기 때문이다. 아들은 비록 어릴 때부터 공방이 놀이터였고 항상 아버지가 북 만드는 일을 보아왔지만 정작 평생 북을 만들고 싶다는 생각은 하지 않았다. 어릴 때부터 운동을 좋아하여 유도를 시작했고 대학도 유도학과를 지원하려고 하였다. 그런데 고등학교 3학년 때 그만 무릎이 파열되는 부상을 당하고 말았다. 재활치료를 하며 이듬해 대학을 준비하려고도 했다. 그러나 당시 임선빈도 어깨를 다쳐 입원을 하고 있었던 상황이었고 가정형편 상재수 생활은 쉽지 않을 것 같았다. 대학은 졸업해야 한다는 부친의 종용으로 결국 생각지도 않았던 패션디자인과로 진학하게 되었다. 그가 본격적으로 부친의 업을 잇겠다고 생각한 것은 졸업을 하고 공익근무를 마칠 즈음이었다.

비가 주룩주룩 오는 어느 날, 아버지가 불편한 다리를 끌고 어머니와 함께 북을 힘들게 차에 옮기는 모습을 본 순간,

"아! 이제는 내가 아버지를 도와 북을 만들어야겠구나."

하고 결심을 하게 되었다. 젊은 아들은 어느 방송사 인터뷰에서 가장 힘든 일이 무엇이냐는 질문에 첫째가 생활고이고 둘째는 부상이라고 대답하였다. 여러 연장들과 기계를 쓰다 보면 부상이 걱정되는 것은 당연하겠지만 생활고가 가장 힘든 일이라니, 참으로 이러한 현실이 안타까울 따름이다. 값싼 수입 북과 공장에서 대량으로 만들어낸 북들로 인해 본인들이 전통 방식으로 만든 북

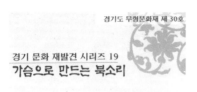

가슴으로 만드는 북소리, 악기장
(경기문화재단 제작,
경기학연구센터 홈페이지에서 시청 가능)

들은 제값을 받으려니 정작 외면을 받을 수밖에 없다. 그렇다고 손해를 보면서 헐값에 팔 수도 없는 것이다. 게다가 해마다 두 번씩 치러야 하는 전시 비용으로 인해 생활고를 쉽게 벗어나지 못하는 것이다.

그럼에도 임선빈에게는 꿈이 있다. 삼국시대나 조선시대에 있었던 북들을 재현하는 것이다. 또, 자신이 지금껏 만든 북들보다 더 큰 대북을 자신이 죽기 전에 만들어 놓고 세상을 떠나는 것이다. 그리고 한 가지가 더 있다면, 이런 일을 마음 놓고 할 수 있는 공방이 마련되고 이 모든 작품을 영구 보존할 수 있는 박물관이 생기는 것이다. 이처럼 사그라들지 않는 그의 열정과 혼은 이 시대의 진정한 장인 정신이 아닐까?

임선빈 장인의 드라마틱한 삶은 다큐멘터리로도 제작 중에 있다. 내년이나 내후년 봄쯤에는 개인전을 열릴 예정이다. 아들 임동국씨는 부친과 함께 북 제작과 공장 경영을 도우며 종종 대학생들을 대상으로 북 메우기에 대한 강연도 다니고 있다. 그들의 소박한 꿈이 하루라도 빨리 이루어지길 기원해 본다.

김 태 우 경희대 민속학연구소 연구원

임선빈 장인이 걸어온 길

1949년: 충북 청주에서 음력으로 7월 7일, 즉 칠월 칠석에 출생.

1950년: 6·25 한국전쟁으로 가족이 모두 피난을 갔다가 청주로 다시 돌아옴. 아버지는 버스 사업을 시작함.

1955년(8세): 청주의 초등학교 입학. 1학년까지 다니다 서울로 이사함. 아버지는 을지로6가에서 철공업을 시작함.

1958년(10세): 서부이촌동에 버려짐. 넝마주이 소굴에 들어감.

1959년(11세): 대구 황용옥 선생님 북 공방 입문.

1975년(27세): 대구 김종문 선생님 북 공방 입문.

1979년(31세): 부산 김갑득 선생님 북 공방 입문.

1984년: 결혼. 아들 임동국씨가 태어남.

1986년: 대전 북 공방 근무(88올림픽 북, 청와대 춘추관 북, 통일전망대 북, 대전엑스포 북 등 제작 참여).

1996년: 안양 북 공방 근무.

1997년: 안양 시민의 북 제작.

1999년: 10월 18일 경기도 문화재 선정(경기도 무형문화재 제30호 북메우기).

2018년: 평창동계올림픽 대북 제작 및 기증.

2019~2020년: 개인전 개최 예정.

참고 문헌

「경기도 문화재 보호 조례」

「국내 최대 안양시민의 북 만든 임선빈씨」, 『조선일보』, 1997.12.29.

「바로 잡습니다」, 『조선일보』, 1998.01.17.

『삼국지』 위서(魏書) 한전(韓傳).

국립문화재연구소 편, 『악기장』, 민속원, 2006.

경기천년을 소리로 수놓다

임정란 명장

경기도 무형문화재 제31호
경기소리 긴잡가 보유자 임정란

잃어버린 시간, 대동가극단

둥둥둥둥, 끼이익 끼익

"와아"

장구 소리, 사람들의 환호성, 박수 소리가 뒤엉킨 채 해금이 긴장감이 도는 기이한 소리를 뿜어대고 있었다. 줄타기! 아이고 어른이고 할 것 없이 입을 반쯤 벌린 채 높은 허공에 떠 있는 삼합줄을 기대 반 걱정 반으로 올려다보고 있었다.

"내가 줄을 잘 타서 떨어지지 않고 이리로 무사히 온 게 아니여. 저기 저 꼬마 놈이 무사하게 해달라고 기도를 해서 무사히 여기까지 온 거지."

지목당한 꼬마 놈은 배시시 웃으며 자랑스럽게 어깨를 으쓱했다. 구성진 목소리로 사람들의 입에서 자지러지는 웃음을 뽑아내며 등장한 사내는 줄타기 명인, 임상문. 소리꾼인지 줄타기 명인인지 구별할 수 없는 입담과 소리로 좌중의 시선을 휩쓸며 그는 외줄에 첫발을 내딛고 있었다.

이어지는 춘향전과 그에 질세라 흥을 돋우는 판소리가 어우

경기천년을 소리로 수놓다 임정란

임정란 명창은 지난 2012년 ㈔경기무형문화재총연합회 이사장으로 취임해
2017년까지 경기도 문화예술의 발전을 위해 노력하였다.

러지며 공연장 일대는 관중과 예인이 하나 되어 축제 분위기는 절
정으로 치달았다.

"잘한다!"

요즘 콘서트장의 5만 관중 떼창이 부럽지 않은, 흥이 폭발한
공연이었다.

그러지 않아도 넘치는 끼를 지니고 있던 예인들의 흥을 최고
치로 끌어올리는 사람들의 환호성과 박수 소리로 임정란 명창의

고향인 찬우물은 사시사철 시끌벅적했다.

그가 태어나기 오래전부터 그의 고향은 그렇게 노랫가락으로, 소리꾼뿐만 아니라 마을 노인이면 누구나 흥얼거리는 구성진 판소리 한 자락으로, 악기 소리로, 명인들의 재주로 활기가 넘치던 마을이었다.

재주가 넘치는 임가와 김가가 한데 모여 살며 대동가극단은 그렇게 자연스레 숙명처럼 그곳에서 탄생하게 되었다.

임정란 명창의 심장에 각인되어 버린 그의 시작이자 끝이라고 할 수 있는 다섯 음절, 대동가극단.

그 다섯 음절이 그의 가슴에 그토록 사무치는 것은 파란만장했던 인생의 시작이었으며 이제는 자신의 손으로 갈무리하고 싶은 고단했던 여정의 마지막이기 때문이다.

어느 해 봄날.

"광대! 광대!"
"너 거기 안 서!"

하굣길 그를 집요하게 따라붙은 사내놈이 한바탕 놀린 후
재빠르게 도망을 치고 있었다.

"저걸 그냥."

어린 정란은 부리나케 내빼는 사내놈의 뒤통수가 뚫어지도록 쏘아보았다.

수없이 당한 일이었건만 좀처럼 익숙해지질 않았다. 익숙해지기는커녕 세월이 지날수록 진저리를 치게 됐고 사람들의 멸시와 손가락질에서 벗어나고 싶었다.

대동가극단에 그렇게 많은 명인 명창이 모여있어도 사람들은 그 집단을 그저 광대라고 불렀다.

그의 집안 또한 세인이 터부시하는 그저 광대 집안일뿐이었다.

예인 집단인 임가와 김가, 8가구가 옹기종기 모여있는 마을 입구에 들어서면 그곳이 바로 지금의 경기소리 전수관이나 마찬가지였다.

광대 집 딸이라는 놀림에 진저리가 나서 노랫가락을 듣고 싶지 않은 날에도 마을 입구에 들어서면 어김없이 듣는 귀는 호강하는 구성진 소리가 담벼락 너머로 들려왔다.

"먼 첩산중 늙은 범~"

자신도 모르게 흥얼거리며 따라 부를 때면 흠칫 놀라 주둥이를 오므렸다.

고희기념 공연

자신은 광대라는 경멸을 받으며 살지 않겠노라 다짐한 터였다. 태어난 지 두 달 만에 아버지를 잃은 처지라서 대동가극단에라도 입단하면 입 하나는 덜 수 있는 상황이었다. 그러나 일반 학교에 진학하겠다는 결심을 마음 한편에 깊숙이 못 박은지는 한참 전이었다.

"벗어날 거야, 그놈의 광대, 광대! 지긋지긋해!"

이미 그리 마음먹고 있는 어린 정란에게 둘째 언니는 늘 확인하듯 으름장을 놓았다.

"소리 배울 생각은 아예 하지를 말어."

광대 동생이 되는 것을 바라지 않았던 언니는 늘 눈을 부라리며 성장기 내내 그가 소리 한마디라도 뻥끗하는 걸 허락지 않았다.

어느 해 가을.

마당 한가운데서 훨훨 타오르던 불길은 이런저런 잡동사니를 집어삼키고 있었다. 시집간 언니는 자신이 광대 집 딸이라는 사실이 시댁에 알려질까 봐서 그와 관련된 자료들을 모두 불태우기까지 했었다.

그 정도로 광대라며 받아야 하는 손가락질은 여럿의 마음속에 한처럼 드리워져 있었다.

피는 못 속이는 것이니 그의 몸속에 우월한 유전자가 흐르고 있다는 것은 어렴풋이 느끼고 있었으나 서슬 퍼런 언니 밑에서는 그에게 얼마만큼의 재능이 있는지조차도 가늠할 수가 없었다.

상관없었다. 그 또한 광대가 되고 싶은 마음은 쌀알만큼도 없었으니까.

그가 수도여자중학교라는 명문 여중에 합격했음에도 가난은 그에게 그곳에 입학할 기회조차 허락하지 않았다.

결국, 작은아버지의 도움으로 열여섯의 나이에 야간학교를 다니며 낮에는 일하고 밤에는 공부할 수 있었으나 그마저도 신은 허락지 않은 건지 맹장이 터져 복막염이 오며 그 일마저 이어갈 수가 없었다.

그 후 형부의 도움으로 출판사에서 교정보는 업무를 하게 되었고 그는 학습지 교정을 보며 당시 자연스레 천자문이며 이런저런 정규 중고등학교 교육과정을 접할 수 있었다. 가난으로 막혀버렸던 공부할 기회를 얻은 셈이었다.

대동가극단은 해방되던 해 신의주에서 해산되었다. 그 후 임가 집안도 하나둘 고향을 떠나게 되었고 그의 집안도 광대 집안이라는 손가락질을 피해 소유하고 있던 논밭을 정리하고 서울, 신당동으로 이사를 했다.

"대체 불운의 끝은 언제쯤일까?"

장사 경험이 부족했던 오빠의 실패로 전 재산을 날리며 졸지에 오빠네 대식구와 함께 지내고 있던 그와 그의 모친은 모두 길바닥에 나앉게 되었다.

언니들은 모두 시집가 출가외인이 되고 자신만이 어머니와 함께 그 모진 세월을 버텨내야 했다.

엎친 데 덮친다는 표현으로도 또다시 찾아온 불행을 표현하기에 부족한 사건이 또 터지게 되었다.

혼자 성묘를 다녀오던 오빠가 당시 동네에서 벌어진 사건 피해자가 되며 병원 신세를 지게 되고 빚을 얻어 구한 집 보증금의 일부를 결국 병원비로 날리게 되며 추운 동짓달에 그 대식구가 건넛방 하나와 마루에서 겨울을 나야 했다.

"다시 그렇게 살라면 그냥 죽지."

주저 없이 그의 입에서 그런 말이 튀어나올 정도로 그의 인생에서 너무나 끔찍했던 시절이었다.

미장

그의 인생에서 빼놓을 수 없는 운명의 장소.

우연처럼 찾아왔던 순간은 결국 숙명이었던 것일까?

사고 후 더욱 몸이 불편해져 제대로 일을 할 수가 없었던 오빠를 대신해 그는 가장 노릇을 하고 있었다. 그러나 출판사 교정일 급여로는 그 대식구가 말 그대로 밥 먹고 살기도 힘든 형편이었다.

> "끼니라도 제대로 먹고는 살아야 할 거 아니야. 어디 월급을 많이 주는 데는 없나?"

급여가 높은 일자리가 없나 여기저기 기웃거리던 차에 반신반의할만한 급여를 줄 수 있다는 제안이 들어왔다.

> "일 인당 식대가 오만 원?"

요즘도 1인당 식대가 5만 원인 한정식은 꽤 값이 나가는 고급 집이다. 하물며 그 시절에 1인당 식대가 5만 원이라니 눈이 휘둥그레지는 가격이었다.

그런 고급 한정식집에서 노래 부를 아가씨를 뽑는다는 것이다. 묻지도 따지지도 않고 단걸음에 내달리다 보니 어느덧 한정식집 앞이었다.

미장

막상 그곳에 붙어있는 미장이라는 상호를 마주하고 서니 순간, 지난 세월이 주마등처럼 빠른 속도로 머릿속을 내달리고 있었다.

툭 투두둑

처마 밑에서 떨어지는 빗방울 소리에 장단 맞추듯 손을 놀리며 수를 놓던 자신의 모습이 떠올랐다.

시집갈 때 가져갈 거라며 직접 수를 놓으며 혼수품을 하나둘 장만하고 있었다.

"다 부질없는 일이었네, 이곳에 발을 들여놓으면 내가 모르는 인생 제2막이 시작되는 걸까?"

"내 젊은 시절의 꿈이 이렇게 흩어져버리는 걸까?"

대문 안에 한발을 들여놓는 순간, 그가 꿈꿔왔던 모든 걸 포기해야 함을 직감할 수 있었다.

면접을 위해 나름 차려입었지만 가난한 티를 벗지 못한 초라한 행색으로 책임자가 있다는 고급 실내장식이 돋보이는 방으로 안내되었다.

경기천년을 소리로 수놓다 임정란

"노래 한 곡 뽑아보지."

잘난 척을 하려던 건 아니었지만 그는 왠지 자신이 있었다. 그가 누구인가. 재주라면 당대 명인 명창에게 뒤처지지 않는 예인들이 모여있던 대동가극단을 창단한 분이 집안 어른이 아니었던가.

광대가 되고 싶지 않아도 숙명처럼 매일 담 너머로, 자신의 집안 마당에서 듣고 자란 것이 경기소리와 판소리다.

광대가 되고 싶진 않았지만, 버릇처럼 늘 그가 흥얼거리던 소리 또한 경기소리였다.

타고난 재능을 억누르며 자랐지만, 그 피가 어디 가겠는가?

예인 집안에서 자랐으면서도 전문적으로 배운 적이 없는 경기소리를 자신이 들어도 만족할 만큼 청아한 목소리로 뽑아냈다.

게다가 그의 용모는 경기소리에 걸맞는 고전적 미인상이었다. 그런 그를 가느다란 눈매로 책임자는 이리저리 훑어보았다. 그 책임자 또한 한때는 소리꾼이었던 지라 소리 한 곡을 들은 후 별말이 없던 그녀는 아무것도 묻지 않은 채 그를 단번에 소리꾼으로 채용했다.

후에 알고 보니 그녀는 경성의 권번 출신 소리꾼이었다. 온 가족의 생계를 위해 우연히 함께하게 된 그녀와의 인연은 그 모든 일을 필연으로 엮어가고 있었다.

마침내 그의 운명을 바꾸어 놓은 어느 날 밤.

"넌 아무래도 여기서 이러고 있어선 안 될 사람이다. 가자!"

그녀에게 이끌려 간 곳에서 그는 당대 최고의 소리꾼 이창배 명창을 마주할 수 있었다.

10년 전으로 되돌아간 광대

결국, 돌고 돌아 제 자리로 온 것일까?

그렇게 미장이라는 고급 한정식집은 결국 그를 제 자리에 돌려놓은 운명의 매파가 되었다.

그리도 고통스러웠던 지난 세월은 과연 그를 미장으로 이끌려던 신의 계획이었을까? 그곳에 경성의 권번 출신 소리꾼이 있었던 것도 신의 계획 중 하나였을까?

그에게 일어났던 우연은 운명적 필연이 되어 그를 소리꾼의 세계로 이끌었다.

당시는 소리꾼으로 생계를 해결할 수 있던 시절이 아니었다. 이창배 명창도 무대에서 산타령을 부르던 초창기에는 소리만으로는 생계가 어려워 측량기사 일을 하며 소리를 해야 했고 정득만 선생 역시 평생 정원사 일을 하며 소리를 했다.

이들은 왜 이리 고생을 사서 하냐는 주변의 타박까지 받으며 소리를 해야 했을까?

"내가 알고 있는 걸 너한테 전해주질 않으면 나만 알고 있다 죽게 될 거 아니어."

소리.

그 옛날 악보집이란 용어조차 생소하던 시절에 누군가에게 전해지지 않으면 이 세상에서 흔적 하나 남지 않고 사라져 버린 소리.

그것이 안타까워 어느 마을 아무개 스승은 아무개 제자에게 구전에서 구전으로 그 소리가 세상에서 사라지지 않도록 애를 쓰며 살아왔다.

이렇게 우리가 알지 못하는 수많은 아무개 스승들은 이 마을 저 마을에서 아무개 제자들에게 자신이 알고 있는 소리를 전하고 세상을 떠났다.

이창배와 정득만, 두 명창도 바로 그 아무개 스승의 계보를 이으며 살아온 우리 소리 지킴이들이 아니었을까.

임 정란.

그가 고급 요리집 책임자의 손에 이끌려 두 명창과 인연을 맺게 된 것은 마침내 '우리 소리 지킴이'라는 사명을 짊어지기 위해 그도 숙명적인 첫발을 내딛게 된 것이리라.

그러나 현실은 여전히 팍팍하기만 했다. 대식구의 가장 노릇을 했던 그는 여전히 미장에서 소리를 뽑아내며 식구들의 생계를 책임져야 했다.

주변인들은 왜 나이 어린 그가 오빠들의 식구까지 먹여 살려야 하냐고들 했지만, 이런저런 가족사로 인해 그가 벗어 날 수 없는 운명의 굴레 같은 것이었다.

상당한 경제력과 사회적 지위를 지닌 손님들을 위한 값비싼 요리가 나오는 곳이었지만, 그저 소리꾼이었던 그의 수입이 남들이 생각하는 것만큼 좋은 건 아니었다.

그 시절, 혼기가 꽉 찬 스물두 살의 나이.

소리를 뽑으며 돈도 벌어야 했고 운명처럼 접하게 된 전문소리 공부도 게을리할 수는 없었다.

결혼이라는 것을 꿈 꿀만큼의 정신적 여유는 당연히 없었고 경제적인 여건은 더더욱 희망이 보이지 않는 캄캄한 상황이었다.

종종 심장의 한편에 구멍이나 휘릭 바람이 드나드는 기분으로 지내면서도 소리 공부를 하고 있다는 사실에 위안을 받으며 하루하루를 보낼 때였다.

"힘들어도 소리 공부 열심히 해."

어린 나이에 돈 번다고 소리꾼을 하면서도 남은 시간에는 소리 공부하느라 분주했던 그를 안쓰럽게 바라보며 격려해주는 사람이 있었다.

그나마 위안 삼아 걸고 있던 붉은 노을도 산 너머로 자취를 감추고 하늘에 검푸른 빛이 돌기 시작할 무렵 진이 다 빠져버린 채 됫박 쌀을 사 들고 그 높은 신당동 꼭대기에 위치한 집으로 올라가는 길은 늘 깊은 심연을 걷는 것처럼 마음이 가라앉고는 했다.

그런 시절에 그의 재주를 아끼며 소리 공부에 전념할 수 있도록 격려해주며 도와주는 번듯한 신사가 나타났으니 혼기가 꽉 찬 처녀 소리꾼의 마음에 그가 들어차는 건 오히려 당연한 자연의 섭리라고 해야 할까.

그에게 그는 키다리 아저씨였고 자신의 재능을 인정해주고 자신감을 독려해주는, 마음 놓고 기댈 수 있는 커다란 바위 같은 존재가 됐다.

남달리 소리하는 탁월한 재주를 주었으니 그 이상은 바라지 말라는, 신이 내린 공평한 잣대였을까?

그의 안에 있는 출중한 재주는 점차 그의 것이 돼가고 있었으나 그 든든한 바위만큼은 내 거일 수가 없었다.

누군가가 먼저 차지하고 있었기 때문이다.

옆에서 포탄이 떨어지는 6.25 전란 중에도 뭉게뭉게 피어나는 것이 남녀 간의 사랑이 아니던가. 두 사람 사이에는 아름다운 소리가 있었고 그 소리를 둘러싼 낭만을 하루하루 느끼며 살 수 있었으니 나무 심장을 지니지 않고서야 끌리는 마음을, 설레는 가슴을 잠재울 수 있는 재간이 당시 두 사람에게는 없었다.

화려하지 않은 고전적이고 차분한 외모로 우리 소리를 부르는 그의 모습은 들을수록 정이 가고 볼수록 마음 가는, 구름 사이로 은은한 빛을 뿜고 있는 달빛 같은 처녀 소리꾼이었다.

소리에서 전해지는 정과 마음의 정이 하나가 되며 스물일곱이 되던 해에 그는 눈에 넣어도 아플 것 같지 않은 아들내미를 얻게 됐다.

아기를 갖게 되며 하던 소리꾼 일을 그만두자 당장 막막했던 살림을 다행히 든든한 바위는 다시 그의 버팀목이 되어주었고 소리 공부를 게을리하는 일은 단 한 번도 없었다.

아들이 6살 되던 해.

버팀목이었던 바위는 머나먼 미국으로 훌쩍 떠나고 말았다. 이제는 홀로 남겨진 자신과 아들을 돌보며 살아가야 했다. 바위가 난 자리는 컸지만 든든한 바위는 끝까지 자신이 소중하게 여겼던 소리꾼을 위한 보살핌을 잊지 않았다.

적잖은 돈을 한국에 남아있는 그의 손에 쥐어주고 떠난 덕분에 빚을 조금 내어 보탠 자금으로 갈비집을 운영하며 한동안은 큰 생활고 없이 보낼 수 있었다. 그러나 아들과 홀어머니를 부양해야 하는 처지였기에 음식점을 하면서도 회갑 잔치에서 노래 부를

기회가 있으면 부지런히 쫓아다니며 돈을 벌어야 했다.

<u>섭외 1순위 회갑 잔치 소리꾼으로 이름을 날리던 해.</u>

경기민요 명창, 지화자 선배는 회갑 잔치 일감이 생기면 소식을 알려주고자 신당동 산꼭대기를 숨을 헐떡이며 올라오곤 했다.

"전화기를 놓아야 일거리가 생기면 불러줄 거 아니야."
"그렇네. 전화기가 필요하긴 하네."

당시 5만 원이라는 거금이 있어야 전화기를 설치할 수 있던 시절이라 그 길로 파주 사는 친척에게 달려가 돈을 빌려 전화기를 설치하자 실제로 일감이 제법 많이 들어오기 시작했다.

그때나 지금이나 입소문을 타고 행사 섭외 1순위가 되나 보다. 당시 회갑 잔치는 지금의 팔순 잔치처럼 인생에 있어서 중요한 잔치로 여길 때라 마당에 차양을 치고 친지와 마을 사람들의 축복을 받으며 떠들썩하게 치러지고는 했다.

돌이켜보면 타고난 재능에 더해 제대로 소리를 배운 소리꾼이었으니 달력에 한 달 내내 빼곡한 공연 일정이 잡혀있었던 건 오히려 당연한 일이었다.

어려운 환경 속에서도 잘 자라준 큰조카는 어린 나이에도 똑똑한 소리를 잘했다.

비록 그와는 나이 차가 있는 셋째 언니 아들내미였지만 동병상련인 동지처럼 가깝게 지낸 조카다.

그 아이도 그처럼 어머니와 어린 동생 셋을 책임지는 소년 가장으로 살아가며 동생들 공부까지 가르치는 억척을 보였기에 그 조카와는 나이 차에도 불구하고 이런저런 의논을 자주 하며 역경의 세월을 함께한 동지 같은 존재였다.

그런 야무진 조카가 그의 마음속 깊숙한 곳을 찌르는 이야기를 꺼냈다.

"소리로 입지를 세우려면 스승을 모시고 소리를 계속하는 게 좋을 거 같아요."

"그렇지."

임 정 란
매혹의 한국민요 특선집

SIDE 1		SIDE 2
양산도	[1]	어랑 타령 (신고산 타령)
창부 타령	[2]	태평가
사발가	[3]	강원도 아리랑
뱃노래/자즌뱃노래	[4]	금강산 타령
베틀가	[5]	노래가락
밀양 아리랑	[6]	청춘가

어린 조카의 조언이었지만 뼈가 있는 말이었다. 그 길로 묵계월 선생의 문하생이 되며 그의 소리 인생 제2막이 시작되는 순간이었다.

소리꾼, 피할 수 없었던 운명

묵계월 선생과의 첫 만남.

　그는 스승의 입에서 흘러 나오는 단호한 한마디를 마음 속에 각인시키며 새로운 소리 공부를 시작하게 되었다.

　　"내가 그동안 익혀 온 것은 다 내려놓고 다시 시작해야 한다."

　묵계월 선생은 1975년 중요무형문화재 제57호 경기민요 예능 보유자로 지정받은 분이었다.

　　"오늘은 고 백화 선생 집으로 와."

　중요무형문화재 예능 보유자였지만 선생님의 형편이 어려워서 학원도 없이 이집 저집을 돌아다니며 소리 공부를 해야 하는 녹록지 않은 상황이었다.

추운 동짓날, 남의 학원을 빌려 소리 수업을 하다 보니 이른 아침부터 불도 못 때고 긴 아리랑을 배우는데 입술 사이로 하얀 입김이 피어올랐다. 가르치는 스승이나 배우는 제자나 덜덜 떨리는 입술로 소리를 하는 게 서러웠던 것인지 누가 먼저랄 것도 없이 함께 눈물을 흘리며 수업을 해야 했던 가슴 아픈 기억이 한두 번이 아니었다.

그의 나이 서른아홉이 되던 해, 1982년.

일 년 후면 불혹의 나이가 되는 그 나이에 스승에게 야단맞고 눈물을 쏟으며 새로운 소리를 얻기 위한 노력은 계속됐다.

이창배, 정득만 선생이 소리를 찾아 막 길을 떠난 애벌레, 임정란에게 두둑한 노잣돈을 쥐어준 스승이었다면 묵계월 선생은 예술을 향해 마음껏 날갯짓을 펄럭일 수 있는 나비로 만들어 주신 스승이었다.

1975년

묵계월 선생이 중요무형문화재 제57호 경기민요 보유자로 지정되던 해에 그 또한 선생의 첫 전수 장학생이 되며 대외적으로 그의 이름을 드러내기 시작했다.

마침내, 1980년에 이수를 하고 1983년에는 전수 조교가 되며 예능 보유자가 되는 날에 한 걸음 더 다가갈 수 있었다.

당시는 묵계월 선생과 같은 시기에 중요무형문화재 제57호 경기민요 보유자로 지정됐던 이은주 선생과 그분의 전수 조교 김금숙과 함께 동고동락할 때였다.

"까르르르"

어깨에 낡은 자주색 스케이트를 둘러맨 어린 소녀 몇몇이 뭐가 그렇게 좋은지 연신 까르르거리며 동대문 스케이트장을 향하고 있었다.

그때만 해도 지금처럼 흔하게 청소년들이 여가를 즐길만한

경기천년을 소리로 수놓다 임정란

공간이 있었던 시절이 아니어서 스케이트장은 어린 학생들로 붐비는 활력이 넘치는 장소였다.

그런 동대문 스케이트장 맞은편에 조그만 학원을 차려 네 명의 소리꾼은 그곳에 둥지를 틀게 됐다.

그러나 외관상으로는 모든 것이 순조로워 보였으나 여전히 빠듯한 살림으로 학원 운영을 이어가야 하는 여건은 그의 목을 서서히 갉아 먹고 있었다.

자신의 소리 연습을 위해 소리를 내지르는 것과 남을 가리키기 위해 같은 소리를 수없이 반복하는 것은 많은 차이가 있었다.

학원 운영을 이끌어 가야 했던 그는 무리한 수업으로 목에 불편함을 느끼기 시작했지만, 그렇다고 당장 수업을 줄일 수는 없었다. 그나마 수업료로 학원 월세며 기타 경비를 충당하고 있던 터라 목이 안 좋다고 덜커덕 수업을 줄일 수만은 없는 상황이었다.

게다가 1983년에는 제9회 전주대사습놀이에 참여할 준비를 하느라 하루도 목이 편할 날이 없었다.

민요부 장원

세상이 그에게 불행만을 강요하지 않는다는 사실을 확인하는 순간이었다. 살다 보니 이렇게 기쁜 날도 더러 찾아오는구나, 하는 생각은 너무 섣부른 판단이었을까?

이래저래 무리하게 목을 쓸 수밖에 없는 여건은 그가 소리꾼 인생에서 절대 겪어서는 안 되는 크나큰 시련을 안겨주고 말았다.

사실 어느 날 갑작스럽게 찾아온 현상은 아니었다. 전주대사습놀이 연습과 무리한 학원수업을 병행하다 보니 언제부턴가 도자기에 서서히 균열이 가는 것처럼 목소리가 갈라지기 시작하며 쉰 소리가 나오기 시작했다.

"허억, 끄어억"

걸걸한 헛기침으로 목을 풀어야 할 만큼 목이 잠기는 일이 많았고 갈수록 청아하던 목소리는 쇠붙이끼리 부대끼는 소리로 변하고 있었다.

걱정스러웠지만 당시 그가 처한 궁핍한 경제적 여건이라는 것이 목 걱정만을 하고 있을 만큼 녹록한 상황이 아니었다.

그러던 와중에 정말 꿈같은, 절대 현실일 리 없는 사건이 그에게 불어닥쳤다.

'어'하는 소리를 내고 싶었으나 그 짧은소리가 목 밖으로 튀

경기천년을 소리로 수놓다 임정란

어나오지를 않았다.

악몽을 꾸고 있는 것이 분명했다. 그렇지 않고서야 어떻게 갑자기 외마디 소리 하나를 내지를 수 없는 벙어리가 된단 말인가?

그간 헛기침 후 '커억' 거리던 걸걸한 소리조차 아예 나오지를 않았다.

꿈이어야 하는 데 꿈이 아닌 현실에 망연자실하여 소리 내어 울고 싶었지만, 울음소리는커녕 외마디조차 목 밖으로 나오지를 않았다.

장장 9년.

1984년부터 1991년까지 소리꾼이었던 그는 제대로 된 소리를 목 밖으로 내지 못하면서도 힘겨웠던 그 삶을 이어가야만 했다.

"다시! 지어어"

청아한 목소리를 지녔다는 찬사를 받았던 소리꾼은 탁성이 된 쉰소리로 그의 가르침에도 나긋한 소리만을 뽑아내는 학원의 제자에게 걸걸한 소리를 높이며 일침을 놓아야 했다.

'에휴, 한두 번 만에 알아들으면 좋으련만.'

큰소리를 뱉은 후 통증이 느껴지는 목을 쓰다듬고 있을 때마다 척척 알아듣지 못하고 몇 번을 반복해서 같은 소리를 내지르게 만드는 제자가 야속할 때도 종종 있었다.

목이 불편하다고 이미 일정이 잡힌 공연을 취소할 수도 없었다.

'목이 쉴 수가 있어야 낫지요, 임 선생님.'

병원을 찾을 때마다 의사 선생님은 치료와 함께 매번 같은 말로 걱정을 하셨지만, 그에게는 별 위안이 되지 않았다.

소리꾼인 그가 그걸 모르고 있을 리 없었으니까.

버겁다고 쉬엄쉬엄 돌아가거나 멈출 수 있는 삶도 아니었다. 남은 인생의 희망이 된 진정한 소리꾼으로 살아남으려면 그의 삶은 그저 계속되어야만 했다.

전수 장학생을 거쳐 전수 조교가 되며 머지않아 예능 보유자가 될 수 있다는 꿈 하나로 버텨온 세월은 그렇게 그를 무참히 집어삼키고 있었다.

3년이 지나자 89년 이후부터는 그런대로 소리가 나오기 시작하여 불운했던 그 기간에도 멈추지 않고 묵계월 스승에게 소리 지도를 받았다.

그를 보며 안타까워하던 시조 선생님들의 권유로 쉰 목을 한 채 각종 연수원을 다니며 강의를 다녔고 그 덕분에 KBS 국악 대상을 두 번씩이나 받게 되었다.

1985년.

1985라는 숫자는 그의 머릿속에서 절대 잊을 수 없는 숫자들이었다.

84년부터 소리가 아예 나오지를 않아 병원에서 치료받을 때조차 종이에 글을 적어 담당 의사와 소통을 해야 했다.

그렇게 막막한 세월을 흘려보내며 찾아온 1985년 어느 날.

"어허~"

묵계월 선생이 두 명의 전수자들에게 소리 강습을 하고 있었다.

"어허어~"

가슴을 저미는 청아한 고음을 내지르는 두 명의 전수자들을 보는 순간 온몸의 솜털이 곤추서며 등줄기에 전율이 일었다.

'저 소리!'

목 밖으로 소리를 내지를 수 없는 그는 속으로 외치고 있었다.

'바로 저 소리!'

그는 그 소리에 대한 기억을 더듬고 있었다. 분명 2년 전 어느 날에는 그녀가 쉽사리 내지르던 고음이었다.

'끝났구나. 다 끝나버렸구나.'

왈칵 쏟아지려는 눈물을 겨우 목 너머로 집어삼키며 그곳을 뛰쳐나왔다.

당시 몰고 다니던 중고 포니1을 몰고 분명 집으로 향하고 있었는데 정신을 차리고 보니 한강 변에 도착해 있었다.

죽고 싶었다. 그저 죽고 싶은 마음뿐이었다.

달리 떠오르는 생각은 하나도 없이 머릿속은 텅 빈 채 오롯이 그 생각 하나뿐이었다.

<u>그곳에 도착한 시간은 오후 2시.</u>

겨울이었지만 오후 2시의 따사로운 햇살이 강물 위에 반사되며 강물 위에서 작은 보석처럼 반짝이고 있었다.

그 모습이 하도 아름다워서 그의 처지가 더 서러웠다.

'한강 물이 참 맑네.'

그는 서울 한복판에 살면서도 한강 물이 그리 맑고 깨끗하다는 걸 그때 처음 알게 되었다.

뺨이 얼얼할 정도의 추위였다. 그런 쌀쌀한 겨울 날씨에 힐을 신고 서 있는데도 발이 시리지가 않았다.

넋이 나간 탓이었을까?

하늘의 정수리에 걸려 있던 해는 어느덧 방향을 바꾼 지 오래전이었다.

반짝이던 보석들이 사라진 강물 위에 붉은 노을이 드리워지는 듯싶더니 어느새 검푸른 빛으로 물들고 있었다.

시계를 보니 벌써 7시간이 흐른 후였다.

다시 멍하니 물속을 들여다보는데 어둠 속에서도 강물 위에

낯익은 미소가 어른거렸다.

눈에 넣어도 안 아플 내 아들. 그 아들의 미소가 강물 위에 떠 있었다.

사람들이 내 눈매를 닮았다고 하는 아들의 눈동자도 바람에 출렁이는 물결을 타고 어른거렸다.

'내가 지금 무슨 생각을 하는 거야. 살아야지. 내 새끼. 이쁜 내 아들. 살아남아야지.'

순간 정신이 번쩍 돌아오며 아들 때문에라도 살아남아야지 하는 생각에 넋이 나갔던 그는 제정신을 차릴 수가 있었다.

사실 그가 강변으로 몰고 온 중고 포니 1도 소리꾼이 목소리가 나오질 않자 살길이 막막해서 택시 운전이라도 할까 싶어 샀던 거였다.

당시 상황이라는 것이 그저 참담하다는 표현만으로는 부족한 그에게는 너무나도 슬프고 힘겨운 하루하루였다.

아직 나이 어린 아들의 눈에도 하루하루 버티는 게 버거워 보이는 모친의 삶에 자신마저 짐이 되는 것 같아 괴로웠을까?

아니면 아직 수염도 제대로 나지 않아 코밑이 거무스름한 사춘기 아들의 눈에도 소리를 해야 하는 소리꾼인 모친이 소리를 입 밖으로 내지 못하는 현실이 그만큼 예삿일로 느껴지지 않아서였을까?

어린 나이에도 또래보다 사리 분별이 있고 철이 꽉 들어찬 소리를 곧잘 하던 고1 아들은 그가 예상치 못했던 이별 선언을 나지막이 꺼냈다.

"아버지한테 갈게요."

드디어 찾아온 이별의 순간.

1학기가 끝나고 하나밖에 없는 그 예쁜 아들을 미국행 비행기에 몸을 실었다.

고등학생이 되기까지 잠자는 아들의 뺨을 쓰다듬으며, 멍하니 하늘을 바라보며 흘린 눈물은 강을 이루고도 남을 것이다.

다행히 수재였던 아들은 미국에 가서도 바로 적응을 하며 좋은 성적을 받았고 그의 삶의 위안이 되었다.

아들은 친탁을 한 것인지 노래는 젬병이었지만 수재 소리를 듣는 우등생이었다. 미국에서도 억척을 떨며 공부를 하더니 명문

대에 입학해 나의 희망이 되어 주었다.

　　지금도 아들 생각을 하면 힘이 나지만 주변의 모든 것이 힘들 었던 당시에는 대견한 아들을 떠올리면 처져있던 어깨가 좌악 펴 지고는 했다. 엄마인 나를 위로해 주는 듬직한 아들이었다.

　　지금은 아들만 둘인 다복한 가정의 가장이 되었다. 그는 아 들 덕분에 어깨에 벽돌 두 장을 얹고 다니는 자랑스러운 박사 아들 을 둔 엄마가 되었다.

다시 찾은 소리, 되돌아온 운명

아들이 그의 곁을 떠난 후 그도 서서히 목소리를 되찾기 시작했다.

1990년.
우여곡절.

온갖 우여곡절. 그가 보낸 지난 9년의 세월을 논하기에 그 보다 어 울리는 표현이 또 있을까?

목소리를 다시 찾은 그는 마침내 중요무형문화재 제57호 예
능 준보유자가 되었다.

그러나 자랑스러운 보유자 후보라는 타이틀이 무색하게 소
리 공부할 변변한 장소가 없어 마음이 시도 때도 없이 시릴 정도로
고생스러운 상황의 연속이었다. 그때까지 동고동락했던 김금숙은
그들이 처한 상황이 너무 버겁게 되자 자신이라도 짐을 덜어주면
그나마 형편이 지금보다는 나아질 것 같다며 그와 내내 함께 고생

했던 학원을 떠났다.

힘들 때 가끔 그에게 소소한 웃음을 안겨 주었던 소녀들의 재잘거림이 들리던 동대문 스케이트장 맞은편 학원을 정리하고 건물 옥상에 조그만 방을 얻어 선생님을 모시고 소리 공부를 이어 갔다.

고난의 연속이라는 것이 이런 걸 두고 하는 말일까 싶을 정도로 소리를 그의 인생에 얹어 싣고 가는 것이 너무나도 힘든 시기였다.

말 그대로 이를 앙 물고 악으로 쓰러지지 않고 기를 쓰며 버텨내던 인고의 세월이었다.

사실 9년이라는 세월이 흘러가는 동안 소리를 포기하지 않을 수 있었던 것은 버티라는 스승의 격려 때문이었다.

"고주랑이도 일본으로 가고 너마저 그만둔다면 어찌하냐"

스승의 그 말은 늘 그에게 용기를 주었고 10년 가까운 인고의 세월을 버티게 해준 한결같은 격려였다.

<u>전수 조교가 되던 1983년.</u>

정말 부지런하게 뛰어다니던 한해였다. 목이 잠시도 쉴 틈이 없던 시절이었으니 탈이 나는 것이 오히려 당연한 한해였다.

가까운 일본이었지만 외국을 드나들기 어려운 시절에 그를 포함한 네 명의 명인들과 함께 일본 순회공연을 떠났다.

훗날 중앙대학교 총장이 된, 당시에는 도쿄 현지 유학생이었던 박범훈이 합류한 5명은 도쿄, 교토, 오사카, 쿠사츠의 낯선 공기를 들이켜며 그들의 재능을 양껏 뽐낼 수 있었다.

<u>그가 그리도 껄끄러워하던 두 글자, 광대.</u>

광대들의 몸속에는 정말 남다른 유전자가 뼛속 깊숙이 박혀 있는 것일까?

<u>공연 첫날, 도쿄.</u>

"아니 갑자기 회심곡을 불러달라고 하면 어떡해?"

박범훈 전 총장은 이미 주섬주섬 흰 모조지로 고깔을 만들고 있었다.

공연 구성원은 5명.

그 인원으로 1시간 30분 공연을 해야 하는데 시간을 메우기 위해 궁여지책으로 급하게 만들어진 고깔을 예쁘게 눌러쓰고 우리는 갑작스럽게 요청을 받은 회심곡을 무대에서 선보였다.

문제는 꽹과리.

회심곡의 필수 악기인 꽹과리를 구할 수 없자 대체 그놈의 끼는 어디서 솟아나는 건지 어디론가 헐레벌떡 달려갔던 박범훈은 스텐 쟁반을 부랴부랴 구해왔다.

　당시는 디지털 음원이 아닌 카세트테이프로 음악을 듣던 시절이라 카세트테이프의 네모난 플라스틱 커버 모서리를 채 삼아 박범훈은 얼굴 없는 악기연주자로 무대 뒤에 몸을 숨기고 꽹과리 소리를 만들었다.

　당시도 웃음이 터진 해프닝이었지만, 지금도 당시를 떠올릴 때면 이 이야기를 듣는 사람이나 말하는 그나 웃음이 터지곤 한다.

<u>수일 동안의 공연을 마친 후.</u>

박범훈 전 총장은 유학생 신분으로 그들의 공연팀에 합류했던 관계로 지방공연까지 마치고 돌아오자 그가 생활비를 벌기 위해 일하던 근무처에서 해고 소리까지 오고 가는 난감한 처지가 돼버렸다.

"큰일이네. 잘리게 생겼어."
"박범훈 체면은 좀 세워줘야지."

그곳에서 며칠간 공연을 해주면 좋겠다는 제안을 받아들여 그들은 며칠 동안 그 집에서 무료 공연을 해주었다.

"아리가또"

주인장의 상기된 표정은 그들이 보기에도 무척이나 흡족해하는 얼굴이었다. 정말 몹시 고마웠던 것인지 우리에게 감사 인사를 건넨 주인장은 감사 인사에 더해 수고비와 샤넬 스카프까지 선물로 주었다.

공연 내내
무척이나 좋아
하는 내색인 건
알고 있었지만
이렇게까지? 라
는 생각에 어리
둥절해서 멋쩍

은 웃음을 지으며 받았지만, 주인장의 진심과 따뜻한 인정이 담긴
선물은 보람이자 기쁨이었다.

실제로 목소리를 잃어도 어쩔 수 없다는 마음으로 혼을 담아
소리한 순회공연이었다.

"참, 끼와 재능이라는 게 뭔지."

공연 후 얼큰하게 술 한잔하며 이런저런 이야기를 나눌 때
아쟁 연주자인 정철호의 이야기를 들은 모두는 웃음을 터트리고
말았다.

그가 속해있던 극단이 전국투어 공연을 할 때 일화였다.

어느 마을의 공연 후 정산을 해보니 수익금으로 여관비를 치를 수가 없어 다음 공연지로 출발 못 한 채 발이 묶여버렸다.

"주인장, 이렇게 잡아 놓는다고 돈이 나오는 게 아니니까 그럼 우리와 함께 다음 공연장으로 갑시다. 그곳에서 수익금이 나오면 밀린 숙박비를 거기서 바로 해드릴게."

여관 주인장은 그 말만 믿고, 사실 달리 방법도 없었던 터라 공연 무리와 함께 다음 공연지로 길을 떠났다.

문제는 그곳에서도 밀린 숙박비를 해결할만한 수익금이 나오지를 않아 그는 집으로 돌아가지를 못하고 다음 공연지로 또다시 함께 길을 나섰다.

그렇게 공연을 따라다니며 함께 동고동락했던 주인장은 어느새 그들의 물주가 되어 경제적인 문제를 해결하는 위치가 되어버렸다.

"그냥 단장을 맡으세요."

자신도 모르는 사이 공연팀의 새로운 단장이 되어버린 여관 주인장은 고향으로 돌아가 여관을 정리하고 돈과 부인을 챙겨 전국투어를 함께 했다는 일화는 그 이야기를 전해 들었던 당시나 지금이나 큰 소리로 웃게 만드는 설화 같은 이야기였다.

대체 사람을 신명 나게 하는 그 끼라는 것은 무엇일까? 분명 그 여관 주인장에게도 그는 모른 채 살아오던 그 끼가 몸속 구석구석에 박혀 있었던 것이 분명해 보인다.

이름 석 자를 알 길 없는 무명의 예술 단장이 탄생했던 일화이다.

보람도 있고 성과도 있었던 일본 공연을 마친 후 찾아온 시련의 세월이 바로 소리 없는 소리꾼으로 살아가야 했던 9년 세월이었다.

신은 참 야박하다. 조금만 너그러워도 그렇게까지 모진 세월을 감내하며 살지 않아도 되었을 텐데.

그런데 그 야박한 신도 염치는 있는 것인지 사람을 죽일 듯이 절벽 위로 몰아치던 신이 드디어 그의 인생에 따뜻한 입김을 불어넣었다.

가까스로 조금씩 목소리를 되찾아 가던 그는 온전하지 못한 소리로 소리 공부를 게을리 한 적이 없었다. 다행히 생계가 막막하던 그 시절, 어린 아들도 미국으로 떠난 후라 더욱 소리 공부에만 매진할 수 있었다.

1990년.

그의 인생에서 잊을 수 없는 또 하나의 영광스러운 순간이 그를 기다리고 있었다.

중요무형문화재 제57호 경기민요 예능 준보유자.

갖고 싶다고 얻을 수 있는 영예로운 타이틀이 아니었다. 누군들 그런 영광스러운 순간을 위해 피나는 노력을 하지 않았겠는가?

　　그러나 신은 가끔 얄미울 정도로 불공평하다. 누군가에게는 넘치는 재능을 주고 누군가에게는 부족한 재능을 얹혀준다.

　　그에게 그 모진 시련을 던져 주었던 신은 그에게 넘치는 재능 또한 선물로 쥐어주었다.

타고난 재능과 목에서 소리가 사라질 정도로 질러대던 피나는 노력.

마침내 그 결실이 영글어진 순간이 1990년이었다.

　　머나먼 이국땅에 있는 아들 얼굴이 제일 먼저 떠올랐다.

　　　　"아들! 엄마가 이제 너한테 큰소리쳐도 되지. 엄마 이런 사람이다!"

누구보다 먼저 달려가 그 소식을 전하며 축하받고 싶었으나 그 보드라운 뺨을 어루만질 수 없다는 사실이 그때만큼 서글픈 적이 없었다.

아들은 머나먼 이국땅에서 당차게 박사가 되고 그는 한국 땅에서 당당히 경기도무형문화재 제31호 경기소리 긴잡가 보유자가 됐으니 이제 무엇을 더 바라겠는가.

경기천년을 소리로 수놓다 임정란

그의 인생을 돌이켜 보았을 때 개인적으로는 그보다 더 큰 기쁨은 없을 것이다.

스산함이 느껴지는 이른 아침의 뿌연 안개처럼 그의 인생을 덮고 있던 작은 물방울들이 그의 인생에서 서서히 사라지는 듯했다.

그 날이 오기 전까지는.

선택, 새로운 칼날로 운명을 가르다

1995년, 1996년.

그의 나이도 어느덧 관록이 느껴지는 소리꾼이란 소리를 듣는 나이가 되었다. 소리꾼으로서 남은 인생을 어찌 꾸려나가면 헛살았다는 허망함이 없는 생을 보낼 수 있을까?

늘 고민하며 지내던 하루하루였다.

유창 명창과 김영님 명창이 묵계월 선생님의 문하생으로 들어오며 생각이 많아지기 시작했다.

돌이켜보면.

경제적 여유가 있는 제자가 선생님 곁을 지키고 있다는 사실에 안심이 되면서도 그런 여유가 그에게는 없다는 사실이 그 당시는 왜 그리 서러웠는지 모르겠다.

현실 속에서 벌어진 이런저런 사연들에 마음을 다친 그는 심장을 쿡쿡 찌르는 서러움에 마음이 혼란스러웠다.

그런 혼란을 틈타 그에게 그의 인생 전환점이 될만한 제안을 끊임없이 해대는 주변인들이 생겨났다.

"선생님처럼 경기도에서 어릴 적부터 예인들의 공연을 보
고 자란 경기도분이 경기소리를 위해 남은 인생을 바쳐주
셔야 경기소리가 경기도에서 활성화가 될 수 있지 않겠습
니까?"

25년간 묵계월 선생의 수제자란 수식어를 달고 살은 그였다.
게다가 당시는 도지정무형문화재의 입지가 중요무형문화재에 비해
크지 않은 때이기도 했다.

한참을 망설일 수밖에 없는 제안이었다.

끊임없는 구애와 설득.

선뜻 제안을 받아들이지 못하는 그를 경기도청 관계자는 불도저처럼 밀어붙이며 그가 다시 과천에 둥지를 틀 수 있도록 일을 추진했다.

1987년, 44살이 되던 해.

과천 찬우물에서 태어난 경기 소리꾼 임정란은 긴 세월을 돌고 돌아 다시 그의 고향으로 돌아왔다.

남은 생을 후학 양성에 전념하는 것이 반평생을 살아온 그의 바람이었다. 후학 양성을 위해 경기소리를 전수할 전수관을 지어주겠노라는 약조를 받으며 과천으로 돌아왔으니 사모관대를 당당히 쓰고 금의환향을 한 것이다.

그러나 번듯한 전수관을 건립하는 것은 하루아침에 이루어지지 않았다. 무려 14년이란 세월이 흐른 후에야 지금의 경기소리 전수관이 지어졌다.

과천 문화원 옆에 자리한 전통 한옥을 연상케 하는 경기소리

경기천년을 소리로 수놓다 임정란

전수관을 지나칠 때면 사람들은 한결같이 입을 오므리며 놀라고 는 한다.

"이 건물은 뭐야?"

　　그 건물은 그의 피와 땀으로 세워진 경기소리를 보물처럼 보 존하고 있는 보물 상자다.

"두두둥 두둥"

도심 속의 현대식 건물 사이로 우뚝 솟아 있는 기와지붕.

주변 건물 사이에서 제법 웅장한 자태로 전통 가옥이 주는 운치를 물씬 풍기고 있는 경기소리 전수관이 저 너머로 보이기 시작하면 들려오는 구수한 장구 소리다.

부활, 경기창극단으로 다시 태어나는 광대

그곳 2층에서 오늘도 한 명창이 70이 넘은 나이에도 골을 싸매고 고민을 거듭하는 숙원 사업이 있다.

대동가극단의 재탄생, 바로 경기창극단.

따사로운 햇살이 포근하게 내리쬐는 관장실에서 오늘도 머릿속은 온통 그 생각뿐이다.

입에 풀칠이라도 한 것처럼 자신이 대동가극단 핏줄이라는 것을 숨기며 살아오기를 수십 년.

포항공연에서 우연히 만난 박동진 선생에게 고향, 찬우물을 언급하자 '조카님'이란 소리를 내지르며 그의 손을 덥석 잡던 선생과 필연 같은 만남을 겪은 후 그에게 대동가극단은 입 밖으로 발설하고 싶지 않았던, 놀림 받던 광대 집안이 아닌 그가 이제는 전승해야 하는 문화유산처럼 여겨졌다.

때마침 경기도무형문화재

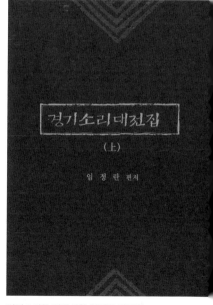

경기소리를 집대성한 임정란 편저의 '경기소리대전집'

제34호 안성향당무 전수 조교였던 춤꾼 유청자로부터 뜻밖의 수확을 얻게 된다.

춤꾼이었던 그는 수원 지역 설화민요를 서너 개 알고 있었다.

"이거를 소리꾼이 알고 있어야 후대에 전해질 것 아니야."

춤꾼 유청자는 소리꾼 임정란에게 자신이 잊지 않고 보존해 온 설화민요를 임정란 앞에서 부르기 시작했다.

"이거야!"

임정란 명창은 문화체육관광부에서 수여하는 '화관문화훈장'을 받았다.

그 길로 임정란 명창은 설
화민요를 대한민국 최고의 창
극으로 탄생시키기 위해 창극
탄생에 미친 사람이 되었다.

2003년.

KBS 관현악단 이준호 선생에
게 편곡을 맡기며 춤꾼 유청자
가 흥얼거리던 설화민요는 그렇
게 경기창극으로 거듭났다.

'낚시대상 서얼'

경기도지정 무형문화재 제31호
기능보유자 이심희 임정자

전통의 소리 대중의 노래
(경기문화재단 제작.
경기학연구센터 홈페이지에서 시청 가능)

수원지방 설화민요의 주인공인 서얼의 따뜻하고 가슴 뭉클한 소소한
일상:

'나도 이 일에 한번 미쳐볼란다~'

경기천년을 소리로 수놓다 임정란

임정란 명창이 후학을 양성하고 경기소리를 보급하는 터전인
'경기소리전수관(www.gsih.or.kr)'

2003년 어느 날

그 소소하지만 보고 듣는 이의 마음을 뭉클하게 하는 커다란 힘을 품고 있던 이야기는 마침내 국립 국악원 무대 위에 올려지게 되었다.

임정란 명창에게 함께 끝장을 내보자며 이 일에 남다른 각오로 달려든 지인들과 한마음으로 준비한 공연이 국립 국악원에서 열리게 된 것이다.

실로 그에게는 물기 어린 공연이 아닐 수 없었다. 굳이 지난 세월을 돌이켜보지 않아도 한순간 눈가에 그득해진 물방울이 줄기가 되어 그의 뺨을 타고 내렸다.

너무나도 맑은 마음을 지니고 살아온 서얼. 그를 바보라고 놀리는 마을 사람들이 있을 정도로 순수하고 맑기만 했던 수원 어느 지방에서 어머니를 모시며 살아갔던 소년, 얼.

낚시로 잡은 물고기를 내다 팔며 어머니 약값을 대고 봉양했던 순수 소년, 얼의 훈훈한 이야기가 춤꾼, 유청자의 입을 거쳐 소리꾼, 임정란에게 전해지며 이제는 그 공연을 관람한 모든 이들에게 전해지는 순간이었다.

그 소년의 고운 마음이 가슴에 그대로 전해진 KBS 관현악단 이준호 선생은 서얼을 위한 자작곡 '하얀 마음'을 만들었다.

작사와 작곡을 직접 맡은 그는 현대의 뮤지컬 공연처럼 '하얀 마음'이 그 공연을 보는 어린이들의 가슴에 감동으로 남기를 바라며 '낚시대장 서얼'을 준비하며 함께 정성을 기울였다.

지금도 그 공연은 이어지고 있으며 보는 아이들이 즐거워할 때마다 임정란 명창의 마음도 그 어느 때보다 뿌듯하다.

이런 작은 움직임이 이어져 언젠가는 제2의 대동가극단이 무대에 올려지는 날도 반드시 도래할 것이란 확신이 그의 마음 한 편에 자리 잡기 시작했다.

이것은 끝이 아닌 시작이었다.

대동가극단의 맥을 잇고자 하는 신호탄이었다.

막막했던 생활고를 해결하고자 택시 운전이라도 하려고 사들인 중고 포니1.

그 시절 따놓은 경기운전면허 1호.

그는 이제 칠십 중반의 나이로 생계를 위해 습득했던 운전 면허증을 지니고 자신이 어머니와 감자를 캐던 백운호수 주변을 드라이브한다.

아직도 할 일이 잔뜩 남아있다. 경기창극단은 이제 첫걸음을 뗀 걸음마 수준이다.

광대라고 손가락질을 받으면서도 예술혼을 이어갔던 대동가극단의 맥을 후배들이 이을 수 있도록 여전히 수장으로서 해야 할 역할들이 너무 많다. 아직은 그가 칼을 내려놓을 때가 아니다.

여전히 그는 백운호수에 드리워진 붉은 노을과 같은 짙은 선홍색 심장을 지니고 있다.

"그렇게.."
"여기까지 온 거야."

산 너머로 기울어지기 시작하는 붉은 노을을 가르며 달리는 그의 하루가 저물어가고 있다.

"이렇게 또 오늘을 살아낸 거지."

박 유 선 e북작가

경기천년을 소리로 수놓다 임정란

흙이 표현할수 있는 감동

한상구 장인

경기도 무형문화재 제41호 사기장 청화백자 보유자 한상구

흙이 표현할 수 있는 감동, 심장에 뿌리를 내리다

1989년 따스한 봄 햇살에 나른해진 눈꺼풀이 슬며시 내려앉은 채 사기장 한상구는 가마의 불을 지켜보고 있었다.

"여보."

소리에 흠칫 놀라 고개를 들자 가마 불 때는 거로는 그도 감탄하는 최고 중 최고인 아내가 깜빡 졸고 있던 그를 미소를 머금은 채 흘겨보고 있었다.

"아이고, 봄 햇살에 잠시가 없네. 식곤증이 어쩌나 몰려오는지."

멋쩍게 너스레를 떠는 그를 쳐다보는 아내의 표정에서 웃음기가 사라졌다.

"어떤 분들이 찾아오셨는데요."
"누가?"

"일본에서 온 손님이시라는데, 대체 뭔 일인지 모르겠네."
"일본?"

흙이 표현할 수 있는 감동 한상구

　의아한 낯빛으로 그의 대답을 기다리는 아내만큼 그도 아는
바가 없었다.

"안녕하십니까? 한상구 선생님."

　인사말을 건네는 중년 남자 뒤로 깍듯하게 예의를 갖추고 그
를 맞이하는 세 명의 외지인들이 그를 기다리고 있었다.

　그 표정이 사뭇 진중하고 너무나 반듯한 행동거지에 그저 설
렁설렁 가마나 구경하러 온 방문자들은 아닌 것이 확실했다.

그들이 일본어로 대화를 나누자 사기장 한상구는 더욱 의아한 눈빛으로 그들의 면면을 살피며 궁금한 것을 묻기 시작했다.

"무슨 일로 여기까지 방문하신 건지?"

"선생님께서 조선 시대 백자를 저분들이 원하는 수준 이상으로 재현한다는 소문을 듣고 말하자면 스카우트 제의를 하시려고 일본에서 오신 분들입니다."

"전 앞으로도 조선백자 재현에 매진하고 싶은데."

"물론입니다. 그 일에만 전념하실 수 있도록 지원해 드릴 겁니다. 모든 재료는 한국으로부터 들어올 계획입니다. 계약 조건은 조선백자 재현기술을 일본 도공들에게 전수하는 것입니다."

드르륵

"시원한 것 좀 드시면서 말씀 나누세요."

마침 환하게 웃으며 안으로 들어서는 아내의 모습을 보니 그들이 제시한 조건을 받아들인다면 고생을 도맡아 하고 있는 아내에게 조금은 면이 서지 않을까 하는 생각이 순간 머릿속을 가득 메웠다.

흙이 표현할수 있는 감동 한상구

당시 상황이라는 것이 가마에 불을 지필 땔감을 사기 위해 그나마 남아 있던 조그만 땅덩이라도 팔아야 하는 것이 현실이었다.

그 당시에는 지금처럼 유명작가도, 무형문화재 보유자도 아니었으며 한국에서는 조선백자를 재현할 수 있는 사기장으로 인정해주는 사람이 별로 없었을 때였다.

가족들이 특히 아내가 겪고 있는 집안 형편을 떠올리면 당장에라도 그 좋은 조건을 받아들이고 보따리를 싸야겠지만 선뜻 긍정적인 답변을 할 수는 없었다.

일제강점기 이후 급격히 무너져버린 도자기 종주국의 위상을 생각하면 그의 마음 한편에 늘 아픈 손가락처럼 품고 있던 조선도자를 향한 자부심은 돈 때문에 또다시 그들에게 이 기술을 내주어야 하는가, 하는 자괴감마저 들게 했다.

한상구, 자신에게는 조선백자를 재현하고야 말겠다는 열정과 신념이 있었기에 궁핍한 여건도 그를 그리 괴롭히지는 못했으나 자신의 그런 신념 때문에 고단한 삶을 함께하고 있는 가족을 떠올릴 때면 그 좋은 조건을 물리치는 것이 그리 쉬운 결정은 아니었다.

"말했잖아요. 우리 가족 모두 건강하고 된장찌개애 밥 말아 먹을 수만 있다면 더 바라는 거 없다고."

그들의 제안을 전해 들은 아내는 한상구 사기장의 결정이 내려지면 당장이라도 보따리를 챙길 기세로 자신은 일본행도 찬성이라고 했다. 그러나 누구보다 남편의 속내를 가장 잘 알고 있는 아내는 그리 말하고 있었다.

늘 가느다란 가시처럼 그의 심장을 쿡쿡 찌르는 아내의 위로가 마음의 결정을 내려야 하는 그날만큼은 위안이 되질 않았다.

아내이기 전에 그의 조수이자 고난의 연속인 세월에 질릴 법

흙이 표현할수 있는 감동 한상구

도 한데 그의 고집을 바로 곁에서 버텨주고 있는 동지인 그녀에게 이 좋은 기회를 그냥 날려버리는 것은 죄를 짓는 것만 같았다.

그러나 청화백자 재현에 한 걸음 더 가까워졌다고 느끼고 있던 그 시점에 그 기술을 한국의 장인이 아닌 일본 장인에게 전수해야 한다는 사실이 마치 매국을 하는 것 같아 마음이 더욱 어수선했다.

일제강점기에 자기시험연구소가 본 마을인 여주시 오금리에

세워졌을 때 조부 한호석옹은 당시 근대 도자 역사의 중요한 위치에 있었던 이천의 해강, 유근형 선생님과 함께 근무했었다.

일제강점기에 처참한 지경에 이른 조선 도자의 명맥을 잇고자 노력했던 흔적을 유년시절에 겪으며 자란 그는 더더욱 쉽사리 일본행을 결정할 수가 없었다.

"어이구, 달덩이가 안물어 환하네. 사방이 다 환하네."

잠을 청하지 못해 뒤치락거리다 일어나 갑갑한 마음을 하소연할 때가 없어 물끄러미 바라보던 휘영청 밝은 달에 애꿎은 화풀이를 해대며 며칠 밤을 보냈다.

흙이 표현할수 있는 감동 한상구

"전수해도 내가 태어난 이 땅에서 해야지. 바다 건너 남의
땅에서 전수하면 안 되지."

　도자기 만드는 기술이나, 흙 만드는 기술, 장작으로 불 때는
기술 등 어느 것 하나 전문가로부터 사사 받지 못하고 그의 노력 하
나만으로 무수한 실패 속에 도자기를 생산하기 시작했던 그는 다
시금 그 외로운 길을 걸어가기로 마음을 다잡았다.

　일본인들이 한국의 사기장들을 방문한 것은 한상구 사기장
만이 겪은 일은 아니었다.

　외지고 한적한 곳에 세워진 가마를 어찌 알고 한국의 사기장
을 찾아온 일본 도자기 장인도 있었다. 그가 그 먼 길을 마다하지
않고 찾아온 이유는 한국 사기장이 보유하고 있는 기술을 전수받
고 싶어서였다.

　대체 어떻게 일본인은 한국 도자기를 연구하는 한국인도 그
사기장을 찾기 전인 그 시절에 우리보다 한발 앞서 그 사기장을 찾
아내 기술을 전수해 달라는 간곡한 부탁을 할 수 있었던 것일까?

　그에 대한 해답은 일본 아리타 백파선 갤러리 입구에 세워
진, 전통 장작가마로 불을 때 작품을 구워낸 조선 여인의 기념상에
서 찾을 수 있다.

흙이 표현할수 있는 감동 한상구

백파선이라 불린 조선의 여성 도공.

'아리타 도자기의 어머니'라 불리는 그녀는 조선인이며 그녀의 기념상을 제작한 사람도 다름 아닌 경기 여주에서 작품 활동을 하는 한국인 작가다.

왜 오늘날 그녀를 기리기 위해 기념상 제막이 한국도예협회와 한·일 백파선 기념사업회 주도로 이루어졌을까?

두 번의 왜군 침략인 임진왜란과 정유재란을 도자기 전쟁이라 부르는 연유에서 우리는 그 이유를 찾을 수 있다.

어린 시절 한 번쯤은 들어봤을 도자기 전쟁은 대체 무슨 이유로 도자기 전쟁으로 불리게 된 것일까?

대체 무슨 연유로 일본 도자기 마을 아리타에는 도신이라 불리는 조선 도공, 이삼평의 신사가 마을이 한눈에 굽어 보이는 가장 높은 곳에 세워지게 된 것일까?

이삼평과 백파선, 이 두 사람은 임진왜란과 정유재란, 두 번의 왜란이 일어났던 당시 일본으로 끌려간 조선 도공들이었다.

두 차례의 왜란을 겪는 동안 전국 각지에 흩어져 있던 수많은 조선 도공들이 일본으로 끌려갔다.

　　여기서 '수많은'이란 그저 수백, 천을 의미하는 숫자가 아니었다. 남편 사후 백파선이 살던 지역을 떠나 아리타로 이끌고 온 도공의 숫자만도 900여 명에 달하니 전국 각지에서 끌려온 조선 도공의 숫자는 과연 어느 정도의 규모였던 것일까?

　　이렇게 끌려간 조선 도공들은 비록 자국인 일본의 국익을 위해서이긴 했지만, 당시 사가현 주변 영주들의 지원으로 도자기생산과 개발에 매진할 수 있었다.

흙이 표현할 수 있는 감동 한상구

청화백자진사운룡문호

도자기 장인들의 씨가 말라버린 텅 빈 곡간이 된 조선의 도자기 가마는 황폐한 폐허가 돼버렸고 반면 조선의 도자기 장인들이 끌려간 사가현은 현재까지도 세계적으로 그 이름을 떨치는 도자기 마을이 될 수 있었다.

그 이후 일제강점기와 6.25 전쟁을 치르며 한국의 도자기는 그 명맥을 이어가는 것이 더욱 힘겨워졌으며 한상구 사기장과 같이 그 누구의 지원과 도움도 없이 옛것들을 재현하고자 외로이 고군분투하는 홀로서기 사기장들만이 현생에서 허락한 모든 세월을 전통 도자 재현에 쏟아부으며 하루하루 보이지 않는 적과 은밀한 전쟁을 치르며 살아가고 있었다.

한결같이 그들은 얘기한다. 그 외롭고 고단하고 기약 없는 긴 여정에서 마주하는 적은 바로 나, 자신.

결국, 전쟁에서 싸워 넘어야 할 적은 자신이라고.

'조금씩'이라는 단어가 주는 의미를 이들 고독한 사기장들만큼 매일 체험하며 살아온 사람들이 또 있을까?

어느 것 하나 쉽게 체득되는 것이 없었고 무엇 하나 한 번에 성공할 수 있는 것이 없었다.

사기장 한상구의 삶도 그러했다. 하루가 지나고 또 다른 하루

흙이 표현할수 있는 감동 한상구

가 지나도 달라지는 것은 없었다. 한 달이 지나고 또 다른 한 달이 흘러 절기가 바뀔 때쯤에서야 조금씩 아주 조금씩 한 가지를 겨우 체득하게 되었다.

그때 맛보는 기쁨은 이미 성공으로 가는 기차에 올라탄 듯 그간의 실패로 인한 초조함을 한순간에 쓸어버리곤 했다.

'실패는 성공의 어머니다'

이 말처럼 실패한 이들에게는 큰 위로가 되지 않는 참 별로 인 위로의 말이 또 있을까?

그러나 고독한 사기장이 매일 겪었을 소소한 전투를 빗대어 말할 때 이만한 적절한 표현을 찾기가 힘들다.

그에게 실패란 성공에 이르기 위해 반드시 거쳐야 하는 검문 소 같은 것이었다.

당시 누구도 거들떠보지 않던 조선 도자기의 재현. 그러나 마 법의 주술에 걸린 듯 조선 시대 도자기에 심취한 그의 반복된 실패 와 끊임없이 이어진 연구는 작은 냇물을 따라 가랑잎이 흘러가듯 천천히 그리고 조금씩 재현이 가능한 기술에 가까워졌고 자기만의 비법이 생기면서 지금에 이르게 되었다.

한번 마법의 주술에 걸린 도자기 장인들은 그 마법에서 헤어

나오기란 쉽지 않다.

81세인 지금도 여전히 붉은 노을보다도 강렬한 선홍빛을 뿜어대고 있는 그의 심장 한가운데에 또 다른 꿈과 새로운 시도를 품고 있다.

매번 불을 땔 때마다 새로운 흙으로 빚어낸 그의 분신들이 어떤 모습으로 그와 마주할까 상기된 표정으로 가마 앞을 지킨다.

백자청화진사모란문항아리

흙이 표현할수 있는 감동 한상구

청화백자운룡문항아리

     유약실험은 그에게 또 다른 즐거움을 선사한다. 그의 가슴을 기대로 벅차게 하며 새로운 도전정신으로 중무장하게 만든다. 마치 새로운 격전지로 출격하기 위해 만반의 태세를 준비 중인 수장처럼 말이다.

신은 그의 외로웠던 싸움을 저버리지 않았다. 고단했던 지난 날들에 대한 보상이 주어졌다.

2005년 그는 경기도무형문화재 제41호 보유자로 지정돼 살아 숨 쉬며 걸어 다니는 문화재가 되었다.

그러나 그것이 그의 손으로 빚어낸 흙이 표현할 수 있는 감동에 대한 갈망을 느슨하게 만들지는 못했다.

그 갈망은 이미 수십 년을 그의 가슴 깊숙한 곳에 뿌리를 내리고 있는, 그를 지탱해주는 힘의 근간인 것이다.

그가 말하는 완성이란 어찌 보면 미완성이다. 조선 시대 전통 도자기의 재현 및 계승에 그 근간을 두고 있기에 지금도 여전히 한반도 각지의 백토 광산을 찾아 때로는 정처 없이 떠돈다.

아마 통일이 된다면 그는 그 누구보다 먼저 흙을 찾아 북녘 땅의 어딘가를 헤매고 있을 것이다.

젊은 시절 그의 아내이자 동지인 서옥선이 그의 곁을 지켰다면 이제는 그의 전수자가 된 아들 한윤희와 함께 단숨에 그곳으로 달려갈 것이다.

미완성을 완성하기 위한 그의 갈망과 노력은 그 끝이 보이질 않는다.

흙, 자연의 어머니는 장인의 혼이 되었다

흙

　　우리가 그저 흙이라고 부르는 부드러운 촉감의 광물은 도자기 장인들에게는 생명의 근원이다.

　　흙으로 빚어진 도자기에 숨을 불어 넣는 것이 불이라면 도자기의 근원인 생명, 그 자체인 것은 바로 흙이다.

　　그렇기에 사기장은 좋은 흙을 구하기 위해 발품을 마다하지 않고 전국을 떠도는 것이다.

　　물론 마음에 흡족한 흙을 발견한 것이 원하는 도자기를 뚝딱 만들 수 있는 도깨비방망이는 아니다.

　　흙뿐만이 아니라 유약도 흙과 돌 종류인 도석을 혼합해 만든다. 여러 가지 흙을 섞어서 만들기 때문에 더 나은 재료인 흙을 찾아 수없이 반복되는 실험을 하고 그 실험을 바탕으로 새로운 시도에 도전한다.

　　사기장에게 수 없는 반복은 익숙함이 아닌 새로움을 의미한다. 매 순간 새로운 시도를 하기 위해 반복되는 실험을 하는 것이다.

어린 시절 그의 부친, 한용수옹은 당시 도자기애호가였기에 조선백자 여러 점을 수집해서 보관하고 있었고 어려서부터 자연스레 그런 도자기를 유심히 관찰할 수 있는 환경이 주어졌다.

어찌 보면 바로 그 흙이라는 것이 그의 운명이었는지도 모르겠다. 제 맘대로 살고 싶었던 그에게 애초에 흙은 그에게 그리 살

수 있는 기회를 박탈했는지도 모른다.

그가 여주 오금리에서 태어난 것, 그곳 가까이에 도자기의 원료가 되는 백토로 유명한 싸리산이 있었던 것은 그저 운명이었다.

일제강점기에 자기시험소가 그가 자란 마을인 여주시 오금리에 세워졌다.

자기시험소가 오금리에 세워진 이유는 예전부터 백토로 유명한 싸리산이 가까웠기에 그곳에 세워졌다고 추측된다.

이러한 이유로 오금리라는 마을은 일제강점기와 6.25 전쟁 후, 근대 도자기의 발상지라는 수식어가 붙을 정도로 유명해진 것으로 추측된다. 그러한 사실은 마을의 역사가 고스란히 담겨 있는 책에서 그와 관련한 근거자료를 찾아볼 수 있을 만큼 마을 사람들에게는 보존하고 싶은 전통으로써의 의미를 지닌 역사적 사실이다.

당시 마을의 그런 환경 속에서 태어나고 자란 아이들은 자연스레 어려서부터 도자기를 다루는 어르신들을 보며 자랐다.

도자기 원료인 흙을 장난감 삼아 노는 아이들이 많았고 한상구 역시 그런 아이 중 하나였다.

게다가 그의 조부께서 자기시험소에서 사서로 일하게 되며 그 모든 것들은 사기장 한상구가 조선백자와 인연을 맺을 수밖에 없는 숙명적 연결고리였다.

한상구 사기장이 어려서부터 여주에 머물며 도자기를 빚기 시작한 것은 아니었다. 그에게도 청년기에 겪어온 이런저런 우여곡절이 있었다.

그러나 오랜 세월 그는 마음속에 품고 있던 도자기가 있었다. 바로 조선백자.

그가 갈망하게 된 것은 조선백자의 재현과 계승이었으므로 그는 모든 재료를 한국에서 구하고 있었다. 조선 시대에 흙을 수입해 도자기를 빚었을 리 없으니 그의 흙에 대한 집착은 조선 도자기 재현을 위한 가장 근본이자 고난이었다.

이러한 유난스러운 흙에 대한 집요함.

그것은 전문가들로부터 그가 조선 시대 순백자부터 청화백자까지 한국 백자 특유의 맛을 잘 살려냈다는 찬사를 듣게 만든 일등공신 중 하나다.

그의 마음속에 품고 있는 도자기를 세상 밖으로 탄생시키기 위해서는 도자기 생명의 근간인 최상급의 흙이 필요하다.

그 때문에 흙에 대한 집착은 오늘도 81세의 한상구 사기장을 흙을 찾아 헤매는 떠돌이로 만든다.

백자철화포도문호

옛날 옛적부터 그는 아내와 함께 여주에 있는 곳은 말할 것도 없고 한반도 북쪽 양구에서부터 산청, 합천, 남쪽 하동에 이르는 전국의 깊은 산골짜기까지 안 가본 백토 광산이 없을 정도로 미친 듯이 흙을 찾아다녔다.

그가 그의 아내를 동지라고 여기는 이유는 바로 그것에서 기인한다.

그녀는 흙을 찾아 헤매는 순간순간마다 늘 그의 곁에 함께 있었다.

사기장 한상구가 도자기를 만들겠다고 결심한 그 순간부터 그의 뇌리에는 지난날 어른들이 모여 앉아 주고받았던 일화들이 머릿속을 가득 메웠다.

또각 또각

"읽어, 위머~"

"조금만 참아, 몇 리만 더 가면 마을이 나올 거야. 거기서 오늘은 좀 쉬자고."

흔들리는 우마차에 몸을 실은 두 사내의 어깨 위로 붉은 노을이 내려앉고 있었다.

흙이 표현할수 있는 감동 한상구

일제강점기가 끝나자 6.25 전쟁까지 겪으며 먹고 살기 힘들었던 대한민국에는 변변한 교통편도 없어 여주에서 도자기를 빚던 두 도자기 장인들은 우마차를 끌고 강원도 양구까지 백토를 구하기 위해 끝없이 펼쳐진 비포장도로를 덜컹거리며 가고 있었다.

눈 앞에 펼쳐진 붉은 노을을 향해 우마차를 모는 두 사내의 모습을 한 폭의 그림으로 담는다면 너무나 아름다운 수채화로 남겨지겠지만 실상은 그리 그림처럼 아름답지 않았다.

그들에게는 그저 흙을 구하러 가는 고단하고 힘겨운 여정이었다.

여주의 옛 어른들이 우마차에 흙을 잔뜩 싣고 돌아온 그 길을 이제는 사기장 한상구와 아내 서옥선이 차에 몸을 싣고 달리고 있었지만, 그 또한 고단하고 힘겨운 여정인 것은 매한가지였다.

발전한 현재와는 달리 모든 걸 사람의 인력을 동원해야만 가능했던 그 시절에는 엄청난 고통이 따르는 일이었다.

지금처럼 누가 알아주던 시절도 아니었고 제대로 된 평가도, 인정도 받지 못하는 작업이었지만, 물레를 돌릴 때마다 이상하게 어릴 적 앓았던 눈병의 고통이 조금 줄고 마음에 행복이 충만했기에 힘들어도 힘든지를 모르고 지금까지 묵묵히 같은 길을 더디게 걸어왔다.

청화백자 모란문호

도자기 제작의 근원인 생명줄을 찾아 헤매기를 십수일. 평생 자신의 친구이자 조수였던 아내의 내려앉은 눈꺼풀을 보니 미안한 마음에 이 고단한 여정을 함께하겠다고 했을 때 왜 말리지 못했을까, 후회스러운 순간이었다.

"없으로도 이리 고생스럽게 살아가야 할 건데."

흙이 표현할수 있는 감동 한상구

힘겨웠던 세월을 빗겨 가지 못해 깊게 파여버린 주름을 펴며 해맑게 웃은 아내는 으레 하던 그 말을 다시금 그에게 건넸다.

"고생은 말할 수 없이 했지만 건강하고 된장찌개에 밥 먹을 수 있다면 최고."

그 말이 진심인 것은 의심해 본 적 없지만 늘 반복하는 아내의 저 말을 믿고 이리 계속 고생을 시켜도 되는 건지 아내의 해맑은 미소에 미안한 마음은 그 무게를 더하기만 했다.

훗날 백토를 찾아 헤매는 여정에 아내의 빈 자리를 대신한 사람은 바로 그의 아들 한윤희였다.

너무나 고단하고 외로운 그 여정을 아들이 답습하는 것을 원치 않는다고 말한 그였지만 뒤늦게 그의 뒤를 잇겠노라고 말해준 아들이 그는 무척이나 고마웠고 사실은 아들이 그런 말을 언제가 해주길 무척이나 기다리고 있었는지도 모르겠다.

2005년 이후 집안에는 그 외롭고 고된 사기장의 길을 걷는 사람이 한 사람 더 늘게 되었다.

아버지 한상구는 아내를 고생시키지 않고 이젠 듬직한 아들과 함께 흙을 찾아 길을 나선 것이 흐뭇했을까? 앞으로는 아내의 고생을 덜어줄 수 있는 아들이 곁에 있다는 사실이 그저 반갑기만 했다. 그에게도 이제부터는 든든한 뒷배가 생긴 것처럼 어깨에 힘도 들어갔다. 뒷배가 생긴 사내들이 폼을 잡고 다니는 것처럼 가끔은 어깨를 떡 벌리고 걷게 되었다.

비포장도로 위를 덜컹거릴 때마다 꼬리뼈를 부딪쳐 자세를 고쳐 앉아야 하는 우마차가 아닌 자동차 조수석에 앉아 입가에 흐릿한 미소가 온종일 떠나지 않는 아버지의 모습을 보며 아들 한윤희도 흐뭇하기는 마찬가지였다.

혼은 또 다른 혼을 부르고

쏴아아

갑자기 한윤희의 코끝에서 오랜만에 바다 향이 느껴졌고 '쏴아아'하는 시원한 소음과 함께 밀려오는 파도 소리도 들려오는 듯했다. 육지에서의 삶보다 더 익숙했던 바다 위에서의 일상이 머릿속에 떠올랐다.

마도로스. 그가 부친 곁을 지키기로 마음먹은 2002년 전에 그의 이름 뒤에 붙어있던 그의 직업을 가리키는 수식어다.

흙이 표현할수 있는 감동 한상구

백자팔각매화문병

고등학교를 졸업하고 아들, 한윤희는 부친이 평생토록 공을 들여온 집안의 가업을 잇기 위해 대학에서 도예과를 지망해야 했지만, 당시의 집안 형편과 여건이라는 것이 그럴 만큼 녹록지가 못했다.

"잠시 후 부산행, 부산행 열차가 들어옵니다."

부산에 자리한 한국해양 대학교 입학식을 참석하기 위해 한 씨 부자는 플랫폼에서 곧 들어온다는 부산행 열차를 상기된 표정으로 기다리고 있었다.

기차 여행은 언제나 어른이나 아이 할 것 없이 모든 이에게 설렘을 선사한다. 그러나 지금 이 순간 그 설렘 속에는 알 수 없는 물기가 어른거렸다.

잠시 후 엄청난 소음과 함께 기차가 두 사람의 시야에 들어왔다.

"조심하세요."

아버지와는 40살의 나이 차가 있는, 철이 꽉 들어찬 늦둥이가 아버지의 탑승을 부축하고 있었다.

흙이 표현할 수 있는 감동 한상구

창 너머로 기차 바퀴가 천천히 움직이고 있는 것이 두 부자의 눈동자에 한 폭의 그림처럼 들어찼다. 그 느린 영상 같은 바퀴의 움직임을 보며 아버지도 아들도 옅은 한숨을 내쉬고 있었다.

"졸업하고 잠깐 배 탄 다음에 도자기 할게요."

뜬금없이 축축해진 눈가에 멋쩍어진 아들은 재빨리 옅은 숨을 내쉰 후 미소를 되찾았다.

"자식들한테는 이 힘든 일을 대물림하고 싶지 않다. 내 엄마도 내가 재미라도 붙일까 봐 불 때는 거 구경하며 좋아라. 하면 대놓고 싫은 내색이었잖아. 흙 갖고 노는 것도 마뜩잖아했고."

분명 말은 그렇게 했지만, 한편으로는 아들이 방금 한 저 약속을 지켜줬으면 하는 마음이란 걸 핏줄인 한윤희가 모를 리 없었다.

부자가 오랜만에 함께 하는 기차 여행이라 들뜬 마음에 즐겁기도 했지만, 갖가지 감정이 뒤엉켜 두 부자의 머릿속은 이런저런 상념으로 가득했다.

"말했잖아요. 졸업하고 잠깐 배 탄 다음에 도자기 할게요."

칙칙칙 치이익

창밖 너머로 가까이 보이던 정겨운 논밭 풍경이 사라지고 눈에 들어오는 나무의 키만큼 거리를 두고 그들을 배웅하는 우거진 나무들의 정경이 계속해서 이어졌다.

자신의 키만큼 거리를 둔 채 계속해서 함께 달려주고 있는 나무들의 모습이 마치 자신이 머지않은 미래에 마주하게 될 도자기들의 형상으로 다가왔다.

지금은 당장 가까워질 수 없으나 이렇게 거리를 두고 계속해서 함께 달려가다 보면 언제가 그 거리가 좁혀지며 그의 눈앞에서 마주할, 그의 숙명이 될지도 모를 도자기.

그는 이미 알고 있었다. 머지않은 미래에 자신의 어머니가 그리도 만류했던 도자기 물레질을 자신이 하게 될 것이란 사실을.

"엄마, 이거 여기다 놓을까?"

"아이고 그머워라. 엄마 생각해 주는 건 우리 윤희밖에 없네."

그의 아버지가 당신보다 최고라고 인정하는 불의 여신 서옥선 여사가 가마에 불을 때고 있을 때면 아들 윤희는 가마 앞에서 조그만 모닥불을 피워놓고, 불 때는 흉내를 내며 불장난을 하곤

흙이 표현할수 있는 감동 한상구

했다.

불을 때며 혼자 시간을 보낼 때는 고독감이 밀려올 때가 종종 있다. 그의 어머니는 그럴 때마다 어린 아들이 주변을 왔다 갔다 놀고 있는 모습에 적적하지 않았고, 불꽃이 주는 온기에 밤공기에 선뜻하던 어깨가 따뜻하게 느껴지곤 했다.

사실 그녀가 불의 여신이 된 사연은 지극히 단순한 이유이다. 가마에 불을 때는 동안에는 잠시도 눈을 뗄 수가 없어 끼니를 거르고 있는 남편에게 식사할 시간을 주기 위해 그를 대신해 불을 지키다 보니 자연스레 가마에 불 때는 장인이 된 것이다.

그렇게 늘 사기장 한상구의 곁에서 조수 역할을 하던 그녀였지만 아들의 코밑이 솜털 같은 수염으로 거뭇해질 무렵부터는 도와주려고 하면 손사래를 치며 근처에 얼씬도 못 하게 했다. 혹여나 아들이 도자기를 빚는 일에 재미를 붙일까 그것이 걱정돼서였다.

"아이고, 내일 비가 올라나 오늘따라 손가락 마디가 왜 이리 욱신거리나?"

평생 사기장 한상구의 조수 노릇을 해온 아내, 서옥선의 손가락 마디는 한 군데도 성한 데가 없었다. 여자의 몸으로 흙을 다룬다는 것이 얼마나 고되고 힘겨운 작업이었을까는 익히 짐작하고도 남을 일이나 그녀는 그 일을 그저 묵묵히 일상처럼 여기며 지금껏 살아왔다.

그 말이 쉽게 지나쳐지지 않고 아들, 한윤희의 귓가를 맴도는 이유는 그것을 바로 곁에서 매일 지켜본 사람 중 하나가 아들 한윤희이기 때문이다.

"오늘따라 흙냄새가 좋네."

함께 흙을 고르며 무심코 던진 아들의 말에 어머니가 남긴 한마디는 아들 윤희의 가슴에 먹먹하고 날카로운 비수로 내리꽂혔다.

"이렇게 살아온 건 나 하나면 돼."

도자기 장인처럼 늘 묵묵하게 사기장 한상구의 곁을 지켜왔던 어머니가 아들을 향해 던진 그 한마디는 그의 심장을 울컥하게 했다.

어머니는 흙과 씨름하고 밤새 불을 지켜봐야 하는 삶을 당신 대에서 끝내기를 희망하고 있었던 것이 분명했다.

극심하게 반대했던 불의 여신의 간곡한 만류에도 한윤희는

흙이 표현할수 있는 감동 한상구

숙명인 사기장의 길을 그가 짊어지고 가야 할 미래로 선택했다.

"도자기 하는 것도 괜찮아!"

어쩌면 아내, 서옥선은 즐겁게 일을 하며 아들 앞에서 그런 주워 담고 싶은 소리를 쏟아내는 남편이 미웠을지도 모른다.

이 고단하고 고독한 삶을 멱살잡이하며 여기까지 끌고 온 건 당신 자신과 평생의 반려인 한상구 사기장으로 족하다고 생각했을지도 모른다.

그러나 마도로스로서 멋지고 자유로웠던 20대와 30대를 보낸 한윤희는 이제 그의 부친이 먼저 즐기고 있던 흙장난, 불장난, 물장난에 뛰어들어 그 역시 즐거운 하루하루를 보내게 되었다.

운명처럼 흙장난, 불장난, 물장난에 뛰어든 사기장들은 인간이 원초적으로 좋아하는 재미가 다 있다며 너털웃음을 짓는다. 그 말을 하며 웃는 낯에 고독이 드리워지는 것은 서로를 아니 그런 말로 자신을 위로하려는 것은 아닐까.

항해사로 바다 냄새를 맡으며 바닷길을 가르던 마도로스는 이제 운전대를 잡고 그의 부친과 함께 강원도 양구를 향하고 있었다.

흙이 표현할수 있는 감동 한상구

흙이 있다고 해서 전부 구매할 수 있는 건 아니었다. 그 때문에 안타깝게도 실험을 해보고 싶어도 할 수 없는 경우가 종종 발생했다.

몇 해 전 강원도 양구에서 장마철에 지반이 약해진 산이 무너져내리며 좋은 흙이 많이 출토되었다는 소식을 듣고 두 부자는 부지런히 그곳을 방문했다.

그러나 실망스럽게도 이런저런 이유로 판매 불가라는 답변을 듣게 됐다.

"대량으로 구매하려는 것이 아니고 조금이라도 살 수 있으면 이런저런 실험을 해보려는 것입니다. 부친은 무형문화재 보유자이십니다. 이 흙으로 시도해보고 싶은 작업이 있어서 그럽니다."

그러나 지자체는 한윤희 전수자의 설명에도 지금은 사정상 팔 수 없다, 는 방침을 고수하며 부자는 빈손으로 발길을 돌려야 했다.

사실 흙이라면 마법사처럼 다룰 수 있는 81세의 사기장에게 흙의 가치에 관한 감정을 의뢰한다면 누구보다 그 흙에 관한 진가를 알려 줄 수도 있을 텐데 무척이나 아쉽고 안타까운 순간이었다.

실제로 한상구 사기장은 세라믹 회사로부터 많은 자문요청을 받는다. 그만큼 흙과 관련한 지식은 인정받는 위치에 서게 되었다.

경남 하동의 가파른 골짜기를 방문했을 땐 흙 광산업자가 우리나라 백토를 일본에 수출하고 있다는 사실도 알게 되었다. 기가 막힌 건 일본 무형문화재 가문에서 다음 세대를 위해 무조건 구매해 비축해 놓는다는 사실이었다. 엄청난 양을 수출하고 있었다.

원토에 그 정도 가격이면 꽤 비싼 가격이었으니 수출하는 업자들은 흡족했겠지만, 그 사실을 알게 되며 두 부자가 당시 겪었던 감정은 단지 씁쓸하다는 표현만으로는 부족한 상실감마저 들게 했다.

"부친이 무형문화재 보유자이십니다. 지금 저희가 대량으로 구매할 형편이 안 돼서 그러는데 조금만 구매해 실험해 볼 수 있을까요?"

그때 돌아온 답변으로 가슴에 생채기만 남긴 채 돌아섰던 기억은 아직도 두 부자의 마음에 앙금처럼 남아있다.

무형문화재 보유자라서 경제적 여유가 그렇게 많지 않으니 조금만 살 수 있게 해달라고 사정했더니 돌아온 답변은 부자의 귀

경기문화 재발견 시리즈
Gyeonggi Culture Rediscovery Series

오천년의 미(美), 조선 백자의 정점
사기장(沙器匠) 한상구

Beauty of 5 thousand years.
Pinnacle in the history of White Porcelain
Han Sang-koo, Porcelain Craftsman

제32편 경기도 무형문화재 제41호 사기장(청화백자)
The 32nd Showcase : Porcelain [Cheonghwa (Blue and White)] Craftsman
Intangible Cultural Treasure of Gyeonggi-do No.41

GyeongGi Cultural Foundation
경기문화재단

건강한 문화환경을 조성하고, 다양하고 풍성한 문화예술을
꽃피우기 위해 경기도가 설립한 비영리 공익재단법인입니다.

오백년의 미, 조선백자의 정점(경기문화재단 제작, 경기학연구센터 홈페이지에서 시청 가능)

를 의심케 하는, 애초에 제시했던 가격의 두 배에 해당하는 금액의 요구였다.

"이 흙으로 도자기를 빚으면 그게 얼마짜리가 되겠어요. 두 배는 주셔야지."

두 부자가 물레에서 노다지를 캐고 있는 듯 여기는 업자의 태도에 경제적 여유가 없었던 당시의 현실을 감안하면 두 부자가 듣기에는 다소 황당한 이유였다.

결국, 당시에 구매를 못 하고 빈손으로 돌아와야 했다.

이웃 나라의 특정 지역에서는 정말 좋은 흙이 나오는데 자국의 작가를 위하고 국가의 자산으로 여겨 해외로의 수출이 금지돼 있다고 한다.

두 부자 사기장뿐 아니라 대한민국 모든 사기장은 이런 제도적 뒷받침이 부러울 것이다. 언젠간 한국에서도 이런 제도적 뒷받침이 시스템으로 작동할 수 있기를 바라는 마음은 모든 사기장의 가슴 한구석에 자리 잡고 있으리라 여겨진다.

사기장들에게 흙을 빼앗긴다는 것은 그들에게서 그들의 분신을 앗아가는 것이나 다름없기 때문이다.

흙이 표현할수 있는 감동 한상구

10여 년 전 일이었지만 지금도 그때 생각만 하면 부자의 미간에는 깊은 주름이 생긴다. 여전히 씁쓸한 현실이자 안 좋은 기억이다.

물론 지금은 한상구 사기장도 어느 정도 흙을 확보했고 예전보다는 흙을 찾으러 원거리 출장 가는 횟수도 많이 줄었다.

하지만 여주 근처에서의 채집은 일상이 됐을 만큼 야산이나 도로의 개발현장에서 특이한 흙이라도 출토되면 어김없이 가져다가 실험하곤 한다.

이제는 그것이 그저 일상이자 밥 먹듯 하는 습관이 됐다.

가끔 기대하지 않았던 결과물을 얻었을 땐 바로 그 맛에 고단한 도전과 시도를 한다는 당위성을 그 자신에게 부여하고는 한다.

사기장 한상구뿐만 아니라 이 세상 모든 사기장이 포기할 수 없는 바로 그 맛이다.

사기장들은 흔히 얘기한다. 도자기는 내가 만드는 것이 아니고 자연이 이루어내는 것이다. 도자기를 빚어 가마 불에 넣어 굽는 일련의 과정을 거치다 보면 인력으로는 어찌할 수 없는 현상들을 시시각각 겪으며 얻은 지혜이고 교훈이다.

인간의 교만으로는 절대 얻어지지 않는, 자연의 조화가 한데 어우러지지 않으면 결코 이루어질 수 없는 신비한 현상들의 결과가 바로 도자기의 탄생이다.

그것은 흙과 불을 곁에 두고 기나긴 세월을 지켜 봐온 사기장들만이 이해할 수 있는 자연의 섭리이자 자연현상으로부터 얻을 수 있는 지혜이고 애써온 보답이다.

되찾은 빛깔, 그러나 다시 또다시

사기장 한상구는 조선백자의 빛깔을 재현했다는 평가를 받는 장인이다.

그는 어떻게 그 수백 년 전 빛깔을 재현할 수 있었을까?

유약.

일반인들에게는 낯선 이 유약이라는 것이 도자기의 빛깔을 내는 오묘한 자연의 섭리이다.

흙과 돌의 종류인 여러 가지의 도석을 섞어서 만든다. 흙과 도석이 높은 온도에서 유리질처럼 잘 녹아들 수 있도록 재도 섞는다. 이처럼 도자기를 굽는다는 것은 단지 뜨거운 불 속에서 흙이 단단해지는 단순한 변화를 이르는 것이 아니다.

바로 여기에 한상구 장인만의 비법이 있다.

흙과 도석의 종류에 따라서도 빛깔이 변하지만 어떤 재를 쓰느냐에 따라 융점 및 빛깔도 달라진다.

흙이 표현할수 있는 감동 한상구

수백 년 전에 전통백자를 만들 때 어떤 흙을 어떻게 만들어 썼는지, 어떻게 유약을 만들어 입혔는지, 불을 어떻게 땠는지 남아 있는 기록도 없고 구전으로라도 전승된 것이 없다.

비단 조선백자에 관한 기록만이 아니다. 세계적으로 인정받는 고려청자도 조선 시대에 들어 명맥이 끊어지며 그 신비롭고 우아한 비색을 내는 비법은 흔적도 없이 사라졌다.

훗날 그 고려청자의 비색을 다시 재현하고자 노력한 장인은 그 비색을 재현하는데 필요한 나뭇잎과 풀을 찾아서 온 산을 헤매고 다녔다. 선조들이 드넓은 한반도에 퍼져있는 나뭇잎과 풀 중에 어떤 나뭇잎과 풀을 사용해 그런 우아한 비색을 탄생시켰는지는 오롯이 반복되는 실험을 통해서만 어느 정도의 재현이 가능했다.

한상구 장인에게는 바로 유약실험이 그런 한반도에 퍼져있는 나뭇잎과 풀의 채집 실험과 같다.

평생 흙 광산을 찾아 헤맸던 이유는 도자기 원료 흙인 소지뿐 아니라 유약의 재료도 산에서 나오기 때문이다.

"이건 죽을 때까지 해야 한다고 봐야지, 뭐."

그는 의미심장한 눈빛으로 커다란 통에 담긴 새롭게 만든 유약을 휘저으며 평생 해온 그 말을 다시금 다짐하듯 읊조린다.

지금도 좀 이상하다 싶은 흙이나, 도석을 발견하면 소지로도 실험해보고 유약으로도 실험해본다. 이러한 작업이 그를 오늘에 있게 한 도자 연구이자 평생을 바친 실험이다.

평생을 바쳤다는 표현은 과장이 아니다. 과거부터 지금까지 유약실험 하다가 실패한 적이 한두 번이 아니다. 이전의 조선백자 재현 실패의 원인은 유약실험에서 비롯한 것이 대부분이다.

물론 소지 실험도 영향이 있었지만, 실패의 원인은 유약실험의 비율이 훨씬 높다. 이런 이유로 장인의 집념과 끝없는 도전정신이 필요한 것이다. 실패하더라도 계속해서 새로운 유약을 실험하다 보면 마침내 괜찮은 유약을 만들 수 있게 된다.

"이게 그 많에 하는 짓지. 그나마 조금이라도 보답받은 거 봇이랄까?"

"선조들은 감 도자기를 만들었다고."

그 또한 선조들처럼 감 도자기를 구울 때 기대감에 부푼다. 그가 말하는 감 도자기는 숫자를 거부한다. 숫자에서 비롯된 도자기만큼 재미없는 도자기는 없을 것이다. 정확한 개량을 해서 얻어진 유약은 그저 한 개의 생명체를 탄생시킬 뿐이다.

흙이 표현할수 있는 감동 한상구

그러나 바가지의 7할, 그다음엔 같은 바가지의 5할. 때마다 다른 양의 원료를 넣어 끝없는 시도를 하는 것이 바로 감 도자기다.

"새로운 시도를 하지 않으면 매번 다른 얼굴로 변신하는 선조들의 감 도자기를 체험할 수가 없어."

"무릎을 쳤다니까. 하도 신기해서 얼마나 신기하고 재밌어. 그래서 한번 빠지면 헤어나질 못한다고."

기대하던 결과나 뜻밖의 좋은 결과를 얻었을 때 한상구 사기장뿐만 아니라 모든 사기장이 되뇌는 말일 것이다.

"이 맛에 하는 거지."

그 맛에 사기장들은 끊임없는 시도를 이어간다.

"큰 나무도 뿌리가 있어야 나무가 버티잖아. 난 뿌리지 역할을 하고 싶지. 마음대로 피고 열매 맺고 하는 건 새 도자기 하는 사람들이 하면 돼지."

"말하자면 기초를 잡은 거지. 난 기초만 잡는 데 평생 걸렸어. 한 단계 더 발전시키는 건 내가 살아온 만큼 더 살 수 있다. 그러면 이걸 변형시켜서 새로운 도자기를 창출하지. 고려의 도자기가 조선 시대로 넘어와 바뀌듯이 나 역시 도자기를 바꿔놓고 죽겠는데 이제 내게는 그럴 시간이 없잖아."

이렇듯 도자기를 굽는 것에는 정답이 없다. 옛것을 재현하는 일에는 더 정답이 없다. 무수한 실패와 재도전만이 답이었다. 당하는 이의 마음은 오죽 답답하고 타들어 갔을까. 100점에서 150점을 구우면 그중 몇 개만 온전한 도자기를 건질 수 있으니 결과가 기대되기만 한 것이 아니라 마음이 타들어 갈 때도 여러 번이었을 것이다.

그만큼 유약은 특히 어려운 도전이다. 도자기의 빛깔을 좌지우지하는 요술쟁이인 만큼 쉽게 접근하기 어려운 콧대 높은 여러 물질의 혼합집합체다.

흙이 표현할수 있는 감동 한상구

불, 인간의 영역을 벗어난 불꽃의 심판

유약만큼 까탈을 부리는 요술쟁이는 불이다. 여전히 전통장작 가마를 사용해 굽는 장인들에게 불의 조화는 실로 자연이 행하는 마법과도 같다.

"빵빠앙"

나무의 상태를 직접 확인하기 위해 방문했던 강원도 진부를 출발한 10톤 트럭이 소나무를 잔뜩 싣고 들어오고 있었다.

소나무는 화력이 좋고 재가 쌓이지 않는다. 장인의 가마 곁에 소나무만이 잔뜩 쌓여있는 이유이다.

쌓아 놓은 장작더미를 보니 도자기 장인은 며칠은 곡기를 입에 안 넣어도 배가 부를 만큼 뿌듯했다.

얼마 후면 저 장작들은 아름다운 빛깔을 띤 불꽃으로 한상구 사기장의 도자기들과 깊은 인연을 맺게 될 것이다.

사기장 한상구에게 불의 온도는 자연이 주는 빛깔이다. 오랜 세월 가마 앞을 지켰던 장인에게 불의 온도는 숫자가 아닌 빛깔이다.

청화백자 석류문 주병

붉은 노을을 연상케 하는 600도, 불꽃 속에서 바다가 어른거리듯 파란불이 됐다가 노란빛을 띠면 1000도, 1100도 이상의 고열이 되며 눈발이 날리듯 하얗게 변한다.

하염없이 불을 지켜보며 장인은 때가 되면 적당량의 장작을 집어넣는다. 너무 많은 장작이 켜켜이 쌓이면 오히려 불이 힘을 못쓰고 온도가 약해진다. 한번 넣은 후 삭히고 다시 적당량을 넣는 흐름을 유지하는 것이 중요하다.

1박 2일 이어지는 고된 작업을 긴장을 풀지 말고 지켜봐야 한다. 불을 때는 내내 침착함을 잃지 않고 느긋한 마음으로 기다려야 한다. 찰진 쌀밥을 먹기 위해 공들여 뜸을 들이듯이 불을 기다릴 줄 아는 여유로움이 몸에 배어있어야 한다.

바람을 읽고 바람이 자유로울 수 있도록 길을 터주는 것은 불의 성질을 알고 길을 터주는 것만큼이나 중요한 일이다.

장인은 불을 지배하려 하지 않는다. 사실 그 누구도 불을 지배할 수는 없다. 단지 불의 심판을 기다릴 뿐이다.

그 심판이 가혹하지 않기를 바라며 불의 성질을 이해하고 그저 길을 터줄 뿐이다. 그런 이유로 옛 시절에는 가마에 불을 지피기 전에 고사를 지내고는 했다.

불 때는 작업이 순조롭고 꽤 흡족한 날이면 장인이 사랑스러운 자식을 바라보듯 가마 속에서 맹렬히 휘몰아치고 있는 화염 속에 묻혀있는 도자기들을 지켜보며 나지막이 읊조리는 말이다.

하얗게 변한 불꽃이 훨훨 타오르기를 몇 시간째, 장인은 무릎을 굽힌 채 쇠꼬챙이로 가마 안 벽을 긁어본다. 가마 안 벽이 녹아내리기 시작하면 초벌구이 후 단단해진 도자기 또한 엿가락처럼 변하기 시작한다. 그 때문에 모든 도자기가 우리가 흔히 보는 제대로 꼴을 갖춘 도자기 형태를 유지한 채 불의 심판에서 살아남는 것은 아니다.

버티지를 못하고 기울어진 놈, 주둥이가 내려앉은 놈. 가마 안이 녹아내리며 도자기 위로 벽돌이 떨어져 벽돌을 품은 채 구워진 놈. 자신들을 탄생시킨 아비의 간절한 마음도 외면한 채 도자기 자식들은 그렇게 아비의 심장을 아프게 하고 만다.

이렇게 매번 불의 심판이 있을 때마다 아픈 손가락과도 같은 도자기들 속에서 겨우 살아남은 온전한 도자기들은 우리에게 말해주는 듯하다.

자취를 감춰버린 청화백자의 재현은 과거가 아닌 미래를 위

복숭아 형 연적

한 보고서이자 새로운 지표라는 것을.

멈출 수 없는 실험, 마지막 그 날까지도

나무의 나이테가 태양이 있는 방향으로 햇살 바라기가 된 것처럼 사기장 한상구의 눈과 마음은 평생 청화백자만을 향하고 있었다.

그에게 청화백자의 재현은 예전이나 현재나 평생을 이어온 실험이다.

> "선조들의 지혜를 깨우치지 못하면 그 깔을, 그 맛을 낼 수가 없어."

그에게 원형의 재현과 보존은 전통의 재창조 이전에 풀어내야 하는 숙명적인 업보와도 같다. 죽는 날까지 손에서 내려놓을 수 없는 평생 과제였다.

그는 유난히 맑고 깨끗한 흰색을 좋아했다. 유색 도자기가 아닌 백자에 마음이 끌린 건 그런 그의 심성 때문일 것이다.

화려하게 아름답고 기교적인 예술보다 맑고 소박한 백자가 그의 심장을 두드렸다. 백웅, 그런 이유로 그의 아호는 백자를 흠모하는 그의 마음을 표현하기에 천생연분이다.

백웅의 '웅'은 부친이 그를 이르는 말에서 비롯됐다. 부친은 그를 종종 '미련한 곰탱이'라고 불렀는데 그런 미련함과 우직함이 오늘의 청화백자 재현을 이룰 수 있게 만든 근간임에 틀림이 없다.

"내, 반드시 선조들의 백자를 재현하고 말겠어."

젊은 시절 그가 주문처럼 되뇌던 말이었다. 반항기마저 감돌았던 젊은 날의 오기와 집념은 그가 누구의 도움도 없이 오롯이 홀로 멱살잡이하며 지금의 재현으로 이끌어 오게 만든 원동력이었다.

그는 이제 인정 많고 순박한 동네 할아버지의 모습으로 여전히 그 옛날부터 백자를 재현하기 위해 살아온 가마 곁에서 살고 있다.

그러나 그에게 만족이라는 단어는 아직도 낯설기만 하다. 그는 만족이란 걸 못 느끼고 살아야 한다고 늘 입버릇처럼 이야기한다.

"뭐든지 만족을 느끼면 그 사람은 벌써 나태해졌다는 뜻이고 끝난다는 뜻이야. 항상 머리가 복잡하고 항상 골치가 아프고 그래야 하는 거지. 이거는, 그래야 지속성이 있고 그 사람은 산 도자기를 하고 산 예술을 하는 거야."

그의 앞에 놓여있는 도자기는 여전히 그에게는 미완성인 셈이다.

"이게 무궁무진한 실험이야. 선조들은 매번 다른 결과물이 나오는 감 도자기를 만들었다고. 얼마나 신기하고 지혜로워."

흙과 유약의 배합이 이전과 조금만 달라도 결과는 전과 같지 않다. 불의 심판에 따라 어떤 결과가 나올지도 정확한 예측이 불가능하다.

한상구 사기장뿐만 아니라 모든 장인이 '내 능력만 있다고 되는 것이 아니다'라고 버릇처럼 하는 말은 그저 듣기 좋은 겸손이 아닌 이유이다.

1박 2일 동안 화염 속에 휩싸였던 가마가 식으며 드디어 불의 심판이 끝났다. 이제는 그 심판을 확인해야 하는 순간이다.

예전에는 고사까지 지낼 정도로 간절한 순간이기도 하다.

이번 가마에는 아픈 손가락이 많지 않기를 간절히 바라며 사

흙이 표현할수 있는 감동 한상구

기장 아버지는 도자기 자식놈들을 한 놈씩 꺼내 본다.

어김없이 터지고 주저앉은 자식놈들을 또다시 깨부숴야 하는 마음 아픈 순간.

"이렇게 고열에서 구워진 놈들은 썩지도 않아. 그러니 내가 어떻게 아무렇게나 이놈들을 빚을 수 있겠어. 몇십 년 아니 백 년이 지난 후에 이놈이 그럴 거 아니야! 한상구는 죽었어도 난 아직도 살아있다! 그러니 하나의 생명체를 탄생시키는 무서운 일이라고. 이게."

그는 도자기 빚는 일이 두렵다고 한다. 사람에게 이름과 주소가 있듯이 탄생한 도자기마다 각각의 이름과 주소가 있는 하나의 생명체라 여기기 때문이다.

그의 말처럼 언젠가 그는 먼지가 되고 흙으로 돌아가겠지만, 그의 자식들인 도자기들은 누군가의 거실에서, 어느 박물관에서, 어느 공공기관에서 유유히 흔적을 남기고 있을 것이다.

마치, "당신은 나의 아버지 한상구를 기억하시나요?"라는 말을 속삭이며 자신을 지켜보는 우리의 눈동자에 되묻고 있을지도 모른다.

"어이구야. 이놈 눈동자 좀 봐라."

백자달항아리

그의 눈길을 사로잡은 놈은 아버지 한상구가 그토록 기다리던 붉은 눈동자를 지닌 용이 꿈틀거리고 있는 청화백자이다.

같은 안료를 사용해 그리지만, 매번 원하던 선홍빛의 강렬한 눈동자를 얻을 수 있는 것은 아니다. 그것이 그 오랜 세월 도자기를 빚어온 장인, 한상구 자신도 불의 심판이라 부르는 이유이기도 하다.

기대 반 걱정 반으로 미세하게 꿈틀거리는 심장을 진정시키고 꺼내 본 도자기 중에는 선홍빛이 아닌 까만 눈동자를 가진 용이 자신을 그려준 아버지를 기다리고 있을 때도 다반사다.

재능이 많은 사기장 한상구는 월전, 장우성 화백의 뜻밖의 방문을 받을 정도로 그림 실력도 인정받고 있었다. 그의 그림은 생동감이 느껴진다는 평가를 받는다.

월전, 장우성 화백의 방문은 그에게 새로운 깨달음을 준 잊지 못할 기억의 한 조각이 됐다.

두 사람은 곁에 앉아 도자기에 그림을 그리기 시작했다. 어린 시절 홍역을 앓으며 겪게 된 눈병은 한쪽 눈의 각막이식수술을 한 2006년 전까지 그를 평생 괴롭힌 고통이었다.

그런 눈의 고통은 역동적이고 생동감 있는 표현을 좋아했던 그의 성품과 맞물려 그의 그림은 선이 굵고 시원스레 꿈틀거리는 생동감을 표현하고는 했다.

당대 유명 화백이었던 월전, 장우성 화백 또한 같은 평가로 그의 그림을 칭찬했다.

유명 화가의 곁에서 그리는 그림인 만큼 그는 세밀하고 꼼꼼하게 붓을 놀리며 어느 때보다 신중하게 그림을 완성하고 있었다.

"이번 그림에는 욕심이 들어가 있구만."

여느 때보다 돋보이고자 욕심을 부렸던 그의 그림을 본 장우성 화백의 첫마디를 들은 사기장 한상구는 다시 한번 깊은 깨달음을 얻었다.

"자네 그림에서는 늘 생동감과 꿈틀거림이 느껴지는데 어째 이번 그림은 세밀하게 잘 그리기는 했는데 그런 살아 움직이는 모습을 찾아볼 수가 없구만."

평소 때의 평정심을 잃고 과한 욕심을 부린 결과였다. 인생 선배이자 예술 선배인 장우성 화백의 말은 그의 가슴에 각인 되듯 박혀 두고두고 곱씹게 되는 깨달음이 되었다.

평생 고통을 당하면서도 그는 세상이 좋아지면 언젠간 자신을 무던히도 괴롭혀온 한쪽 눈을 고칠 수 있을 것이라 염원해 왔고

흙이 표현할수 있는 감동 한상구

마침내 2006년 그 꿈을 이루게 되었다.

시력이 전혀 없던 왼쪽 눈에 새로운 각막을 이식하며 그는 이제 두 눈으로 자신의 그림을 보며 붓끝의 움직임을 이어간다.

그 덕분인지 수술 후 70이 넘은 나이에 오히려 그림이 더 섬세해지고 좋아졌다는 소리를 들을 때면 무척이나 감회가 새롭다.

그는 오늘도 그림을 그리며 깊은 생각에 잠긴다.

"지금 그림을 그려 넣는 이놈이 언젠가 내 곁을 떠나 어느 집 거실에 놓이게 될지도 모르지. 혹시 누군가는 내 마음을 이해하며 이 그림을 유심히 지켜보게 되겠지."

그런 상상은 붓을 놀리는 그의 손끝에 미세한 흥분과 기대감을 심어준다.

오늘 도자기에 새겨 넣은 모란에는 붉은빛을 입혀 줄 생각이다. 부디 불을 거쳐 간 이후에도 그가 기다리고 있는, 그윽한 기품이 느껴지는 짙은 선홍빛이 제대로 표현되기를 간절히 바라며 마지막 붓놀림을 멈췄다.

다행히 모란은 붉은빛을 입게 되었다. 전시실의 한편에 자리한 그놈은 사람들에게 이리 말하고 있는 것만 같다.

경기도무형문화재 제41호 보유자 사기장 한상구.

재현과 그 시대에 부합하는 전승을 조화롭게 이어가는 일은 이제 후손들의 몫이다. 결코, 쉬워 보이지 않는 그 일은 현생에서는 더 이상 그에게 허락되지 않았다.

선조들의 지혜를 이어온 그의 감 도자기는 대를 건너 그 깊이가 더해지는 재현과 함께 이 시대를 반영하는 도자기로 재탄생 할 것이다.

이 시대를 사는 전승자가 짊어진 무거운 짐.

그 짐을 조금이나마 덜어주기 위해 오늘도 물레질을 하며 그는 말한다.

박 유 선 e북작가

자애로운 보살 미소를 닮아간

박찬봉 장인

경기도 무형문화재 제42호 석장 조각 보유자 박찬봉

돌산이 있었던 고향 마을

경기도 무형문화재인 박찬봉[70]은 올해로 석공예를 시작한 지 50년이 된다. 그는 1949년 황매산 철쭉으로 유명한 경남 산청군 차황면 상중리에서 출생하였다. 그의 부친은 토목공사가 벌어지면 일꾼들을 모아 공사장을 찾아다녔다. 그가 7세가 될 즈음에 남해군에서 저수지 공사가 벌어졌다. 부친이 남해에서 일을 하기 위해 식구들이 모두 남해군으로 이사를 했다. 박찬봉은 그곳에서 9세 때 초등학교에 입학하였다.

초등학교 3학년이 되자 함안에서 저수지 공사가 시작되었다. 그의 부친이 함안의 저수지 토목공사 반장으로 임명되면서 다시 함안으로 이사를 가게 되었다. 함안에서 다른 식구들은 토목 공사가 끝난 후에도 농사를 지으며 근 30년 동안을 살았다. 이곳 함안에서의 생활은 박찬봉이 돌과 인연을 처음 맺게 된 계기가 되었다.

그가 살았던 마을은 함안면 강명리라는 마을이었다. 이 동네에서는 '쑥돌'[18]이 많이 났다. 이 쑥돌은 주로 다듬이돌이나 상석, 비석 등의 재료가 된다. 강명리에는 돌산(채석장)이 하나 있었다.

---

18) 화강암을 흔히 쑥돌이라고 한다. 화강암은 석재로 가장 많이 사용되는 돌로서 우리나라 전 국토의 25%에 달하며 석재의 90%이상을 차지한다. 국립문화재연구소 편,「석장」, 국립문화재연구소, 2009, 37쪽.

자애로운 보살 미소를 닮아간 박찬봉

이 돌산 골짜기에는 2~30호가 석공 일을 하고 있었다. 그가 살던 동네에도 석공 일을 하는 집이 서너 집이 있었다. 이 동네 아이들은 중학교만 졸업하면 곧바로 석공 일을 배웠다. 주로 묘지에 놓는 상석, 다듬이돌, 망주석 등을 만들었다. 석공들은 가끔 맷돌이나 절구통을 쪼아 주기도 한다. 맷돌이나 절구통은 오래 쓰다 보면 마모가 되니 가끔씩 정이나 '도드락망치'[19]로 쪼아줘야 한다. 그래야 콩도 잘 갈아지고 절구도 잘 찧어진다.

　박찬봉은 어릴 때부터 이 석공들이 하는 일을 보면서 자랐다. 본인이 직접 돌을 다듬지는 않았지만 석공 일에 관심이 많았다.

　　　"그래도 관심이 있어가지고 망치하고 정하고 준비해가지고. 정을 오래 쓰면 이빨이 문들어지잖아? 그러면 동네에서는 숯을 가지고 아침마다 연장을 수리를 한다고. 대장간에서. 그러면 옆에서 풍로도 부쳐주고, 우리 집에 모아둔 숯을 한 바가지 가져다주면서, 이거 좀 만들어 달라고. 옆에서 심부름하면서… 그거는 동네에서 했어요. 어릴 때부터 재미가 있어 가지고."

　박찬봉이 석공 일에 대한 관심과 함께 불상을 조각하게 된 것은 아마도 그의 집안이 불교와 인연이 깊기 때문일 것이다. 그가

19) 정으로 거칠게 작업이 된 석재의 표면을 곱게 쪼아 낼 때 사용되는 망치를 말한다. 도드락망치의 머리에는 뾰족하게 튀어나온 날이 서 있어서 돌을 때리면 날눈의 형태대로 도드라지게 줄을 이루면서 표면이 곱게 다듬어진다. 위의 책, 55쪽.

안양 삼막사 약사여래좌상

자애로운 보살 미소를 닮아간 **박찬봉**

태어난 마을 인근에는 황매사라는 절이 있었다. 또한, 그는 반남 박씨의 후손인데 반남 박씨의 시조인 박응주 朴應珠의 산소가 나주 반남면 흥덕리에 있다. 그런데 인근에 석천암石泉庵이라는 절이 있다. 이 절은 반남 박씨 시조의 산소를 관리하기 위해 조성된 것이라고 한다.

"우리 반남 박씨하고 절하고는 인연이 있는가 봐. 최고 높은 시조할아버지 산소가 나주 반남면 흥덕리라는 데. 거기 고려시대 사람인데 거기 산소가 있으니까. 거기 옆에 아직도 절이 있어. 중간에 불도 났지만 다시 세우고 해서. 지금도 비구니 스님이 절을 지키고 싶어. 옛날로 말하는 것 같으면 왕족들도 파주 보광사 같은 데도 조선 시대 왕실에 제사를 지내고 기도를 해준 원찰이었잖아? 우리 반남 박씨 산소 옆에도 그런 뜻에서 아마 절이 있었지 않나…"

이러한 배경이 그가 이후에 불교를 믿으며 불상을 조각하게 된 인연이 된 것은 아닐까?

자애로운 보살 미소를 닮아간 박찬봉

석공 일을 시작하다.

박찬봉은 어린 시절 가정 형편이 넉넉지가 않았다. 그래서 초등학교를 졸업하자 뭐든지 돈을 벌어야 했다. 그는 초등학교를 졸업하면 함안을 떠나 울산의 한 약국에 점원으로 취직을 했다. 그런데 어린 나이에 같은 또래들이 가방을 메고 학교를 다니는 모습이 그렇게 부러울 수가 없었다. 그러던 중 고아원에 가면 잠도 재워주고 학교도 보내준다는 소리를 들었다. 그래서 부산에 있는 한 고아원을 찾아갔다. 막상 고아원 생활은 생각처럼 녹녹치가 않았다. 배가 너무 고파서 결국 고아원을 뛰쳐나오고 말았다.

"초등학교 졸업하고 울산에 약국의 점원으로 갔다가. 하도 공부하고 싶어서 부산의 고아원에 가서. 공부만 잘하면 대학까지 보내준다고. 고아원에 갔다가 도저히 배가 고파서 못 견뎌 가지고… 고향 선배들이 학교 선배들이 하는, 부산에 석재 공장들이 있었어."

이렇게 고아원을 나와서 찾아간 곳은 부산에서 석공장을 하고 있었던 선배 집이었다. 그는 아직 석공 기술이 없었으니 거기서는 보수도 없이 숙식만 제공받고 무보수로 2년 정도를 일했다.

"그때 제자 생활을 했는데 2~3년을 작업복만 얻어 입고

심부름만 했어. 견습공이지. 월급도 없었거든. (견습 생활을
시작한 지) 2~3년이 지나고 나면 공구를 한 벌 사 줘. 망치,
날망치, 정, 기억자 같은 거… 징은 20~30가지 받았어.
당시에는 아침마다 연장을 대장간에서 빌려다 쓰는데, 혼
자 쓸 수 있는 연장을 만들어 가진 것이지."[20]

이처럼 선배의 석공장에서 보낸 시간은 일종의 수습 기간이
었던 것이다. 이때가 그가 본격적으로 석공 일을 시작했다고 볼 수
있다. 그때 나이가 20세였다.

불교 조각의 대가, 권정환 선생을 만나다.

부산의 선배 석공장에서 어느 정도 기술이 익혀지자 1970년 22세
때 마산의 석공장에 정식으로 취직을 하였다. 여기서는 일당을 받
고 일을 하였다. 한 달에 한두 번 정도만 함안 집에 들렀고 대부분
은 마산 공장에서 일을 했다.

이 석공장에서 그의 일생을 바꿔놓은 스승을 만나게 된다.

---

20) 「G Topic: "부처 미소 돋을새김한 세월… 자비가 비로소 솟아나더라"」, 『경기G뉴스』, 2017.
3. 27.

1972년 봄이었다. 당시 부산지역에서 불교 조각으로 이름을 날리고 있었던 권정환 선생은 좋은 돌을 구하기 위해 이곳저곳을 돌아다니다가 이곳 마산까지 오게 되었다. 권정환 선생이 우연히 박찬봉이 일하고 있는 돌 공장에 와서 그가 다루고 있던 돌을 유심히 보더니 그 돌이 어디서 나는 것인지 물었다. 이것이 스승과의 첫 만남이었다.

"선생님이 불교 미술 전람회에 출품하기 위해서 돌을, 약간 동양인 피부 색깔 나는 돌을 구하기 위해서 마산에 왔어. 마산 옆에 중리라는 데서 돌이 생산되니까. 마산에 와가지고 내 작업 하는 데서 한참 쳐다보고 '이 돌이 어디서 나느냐?' 하고 묻길래, 제가 '옆에 가면은 중리라는 지역이 있는데 거기서 납니다.' 하고 일러 줬거든. 그 후로 인연이 돼가지고. 그러면은 조각 배우고 싶으면 자기한테 오라고. 부산에 전화번호를 적어 주고, 이렇게 하더라고. 그래가지고 만난 거예요."

평소 돌에 대해 잘 알고 있었던 박찬봉은 권정환 선생이 원하는 돌이 어디서 나는지를 알려주었고 그것이 인연이 되어 제자가 되었던 것이다. 권정환 선생의 우연한 방문은 운명과도 같은 것이었다. 박찬봉은 하던 일을 마무리 짓고 봄이 끝나갈 무렵, 권정환 선생이 있는 부산으로 내려갔다. 그때부터 박찬봉은 권정환 선생을 스승으로 모시고 불교 조각을 본격적으로 연마하기 시작했다.

대구 동화사 석등

박찬봉의 스승인 권정환(86세) 선생의 계보를 따져보면, 조선 중기 때 불상을 조각했던 수룡화상으로 올라간다. 그 계보는 일제 때 활약했던 양완호梁玩虎 스님으로 이어진다. 양완호 스님은 일제 강점기 영남의 불교 미술을 대표하는 인물로 평가받고 있다. 양완호 스님의 계보는 다시 무형문화재로 지정되었던 원덕문 스님과 권정두 선생으로 이어진다. 월주月洲 원덕문元德文(1913~1992) 스님은 1972년 중요무형문화재 제48호 단청장으로 지정될 정도로 단청과 불화로 이름을 날렸다. 권정두 선생은 주로 조각을 하였다. 권정두 선생은 정두, 정학, 정진, 정환 4형제 중 장남이었는데 그 중에 막내가 박찬봉의 스승인 권정환 선생이다.

권정환 선생은 큰형인 권정두의 계보를 잇는 불상 조각의 명인으로 평가된다. 권정환은 1933년에 태어나 3대째 가업을 잇고 있다. 28세였던 1960년부터 본격적인 부처님 조성을 직업으로 삼아 시작했고 1970년대 불교미술 공모전에 잇달아 2번의 대상을 받으면서 이름이 나기 시작했다. 이후 박찬봉과 인연이 된 낙산사 해수관음보살상 조각 이외에도 단일석으로 조성된 여수 지장사 해수관음보살상, 국내 최대 높이를 자랑하는 삼광사 8각9층 석탑 등 수많은 명작들을 남겼다.[21] 권정두 선생의 막내 아들인 권영관은 부산광역시 무형문화재(15호, 불화장)로 활약하고 있다.

---

21) 「석조각장 권정환 씨, 낙산사 해수관음상이 대표작」, 『불교신문』, 2003.08.08.

박찬봉이 부산으로 권정환 선생을 처음 찾아갔을 때는 이미 4명의 제자가 있었다. 당시 스승은 경주 불석을 이용한 조각을 주로 하였다. 경주 불석이란 경주 일대에서 많이 나는 연한 돌이다. 이 돌은 무르기 때문에 칼로도 조각이 가능하다. 박찬봉은 석공일 외에도 불석으로 하는 조각도 이때 배우게 되었다.

　　"경주 불석이라고, 물에 담가가지고 하는 돌이, 경주 기림사 건너편에 그게, 돌이 많아요. 그 돌을 가지고 조각을 많이 했어요. 우리 선생님이 하명으로는 운석이라고 하더라고. 그 돌은 물에 푹 담가 놓으면은 독기가 나가요. 그리고 또 칼로 옛날에는, 지금은 좋은 칼이 많지만 내가 조각 배울 때는 주로 일본에 가면은 나무 집 붙이는 하이스 칼, 그걸 많이 사다가 그 칼을 쓰더라고. 그래서 아침으로는 석공일 하다가 가면은 선생님이 기존 불석으로 불상을 주문 받아 하기 때문에, 아침에 일어나면 칼도 갈아 드리고, 선생님이 칼질을 다 하고 나면은, 쉽게 말하면 사포질이지. 사포질도 배우고… 머리에 동글동글한 나발, '이런 거는 니가 새겨봐라' 하면, 대격 보고… 그래가지고 몇 년 동안 하다가 낙산사 일을 시작하게 된 거지."

　　이렇게 해서 드디어 양양 낙산사 해수관세음보살 조성 작업에 참여하게 되었다. 그때가 1972년이었다. 그의 나이 24세였다.

　　이 해수관음상은 1972년에 처음 착공되어 5년 만인 1977년 11월 6일에 점안식을 거행했다. 크기는 높이 16미터, 둘레 3.3

설악산 계조암 지장보살반가상

미터, 최대 너비 6미터이며 대좌의 앞부분은 쌍룡상雙龍像, 양 옆에는 사천왕상을 조각했다. 관음상은 대좌 위에 활짝 핀 연꽃 위에 서 있는데 왼손으로 감로수병을 받쳐 들고 오른손은 가슴께에서 들어 수인手印을 짓고 있다. 이 해수관음상은 우리나라에서 양질의 화강암 산지로 손꼽는 전라북도 익산에서 약 700여 톤을 운반해 와서 300여 톤을 깎아 내고 조성한 것이다. 해수관음상 앞에는 기도처인 관음전이 있다.[22]

해수관음상을 조각했던 그때가 불교 조각을 본격적으로 배울 수 있었던 운명과도 같은 기회이기도 했지만 인생의 반려자인 지금의 아내를 만나서 결혼까지 한 것도 그 때였다. 그의 나이 27세였다.

"우리 외이프는 낙산사 불상할 때 그때 부산에서. 은사님 집이 부산이니까. 삼월 중순에 올라가 처음 계약해 가지고. 그리고 11월 20일 넘으면 바닷가니까 춥잖아. 부산 다시 내려 와. 다음에 사월 중순 되면 다시 올라가. 설악산 대청봉에 뭐 할 게 있어. 거기가 일하다 보니까 자연적으로 총각들이 저녁에 뭐 할게 있어? 바로 밑에 절 옆에 횟집이 있어. 가서 밀국수도 사먹고. 거기서 우리 와이프를 만나 거지. 언니들어 회 장사를 하고 처형 집에 딸이 일곱이야. 와이프가 다섯 번째야. 처남이 하나 있고 한데. 어

22) 「낙산사」 홈페이지, http://www.naksansa.or.kr.

양양 낙산사 해수관음보살

그가 5년이
라는 세월 동안
관음상을 조각하
면서 싹트기 시작
한 불심에 감응하
여 인생의 반려자
를 만나는 인연도
맺어진 것을 아닐
까?

권정환 선
생은 처음에 3년
만 밑에서 배워보

라고 했다. 그러나 3년이라는 시간은 어림도 없었다. 결국은 그렇게 불교 조각을 배운 지 7년이라는 세월이 흘렀다. 선생님과 작업을 하지 않을 때는 혼자서 불상을 만드는 연습을 했다. 스승과의 작업과 스스로의 연습을 쉼 없이 반복하였다. 그는 점차 불교미술 대회에 자신의 작품을 출품하고 싶은 욕심이 생겼다. 당시로서는 자신의 이름을 세상에 알리기 위한 유일한 방법이 바로 큰 대회에서 입상을 하는 것이었다.

그러다 1976년 대한민국 불교미술전람회에 자신의 작품을 처음으로 출품하였다. 그때 출품한 작품이 특선을 받았다. 그 조각은 석가모니불좌상으로 1미터 50센티 정도의 석불이었다. 불교 조각을 본격적으로 배운 지 4년 만에 이룬 결과였다. 그만큼 그는 불상 조각에 타고난 솜씨가 있었던 것이다. 이후 1980년과 1985년 불교미술전람회에 꾸준히 작품을 출품하여 각각 입선과 장려상을 받았다.

자애로운 보살 미소를 닮아간 박찬봉

독립하여 자신만의 석불을 조각하다.

박찬봉이 낙산사 불상을 조각하고 있을 즈음, 서울에는 그의 동생이 석제 공장을 다니고 있었다. 이 공장은 망우리에 있었는데 주로 불상을 만들어 일본에 수출을 하고 있었다. 당시 망우리에는 이 공장 외에도 석제 공장이 상당히 많이 있었다. 이 석제 공장들 대부분이 석등이나 작은 불상을 만들어 일본에 수출을 하였다. 박찬봉이 낙산사 불상 작업을 마칠 즈음, 동생으로부터 서울에 올라와서 같이 일을 해보자는 전갈이 왔다.

박찬봉은 이렇게 해서 서울로 올라오게 되었다. 망우리 석제 공장에서는 주로 양주 신산리에서 나는 돌을 사용했다. 이 돌은 입자가 고왔다. 이 돌을 가지고 석등을 만들어 일본에 수출을 하였다. 천안에도 쑥돌이 많이 나왔다. 이 돌로는 주로 지장보살을 조각하여 일본에 수출하였다. 당시 일본에서는 가족묘에 지장보살 옆면에 자손들 이름을 세겨서 세워 놓는 풍속이 있어서 수요가 많았다고 한다.

1980년에는 동생이 다니던 공장을 나와 석공 업자로 독립을 하였다. 구리시 토평동에 땅을 빌려서 조그마한 작업장을 마련했다. 그가 독립한 후에 맡은 첫 작품은 경주시 복두암 해수관음상과 16나한상 조각이었다.

복두암의 작업이 끝나자마자 그 다음으로 맡은 작품이 바로 10미터가 넘는 파주 보광사의 불상이었다. 이 불상은 1981년에 조성한 대불로서 '호국대불護國大佛'로도 불린다. 대웅보전에 모셔져 있는 보살의 복장腹藏에서 출현한 부처님 진신사리 11과 뿐만 아니라 5대주에서 가져온 각종 보석과, 법화경, 아미타경 및 국태민안 남북통일의 발원문 등이 함께 석불 복장에 봉안되었다. 12.5m나 되는 웅장한 규모가 보는 이를 압도할 뿐만 아니라 정교한 조각 솜씨로 잘 알려져 있다.[23] 이처럼, 이 석불은 예전 부처님 자리에서 사리가 발견되어 이를 기념하기 위해 야외에 석불을 건립하자고 발원된 것이다. 이 불상이 건립될 때는 유명한 정치인들과 기업인들이 시주를 많이 했다고 하여 세인들의 많은 관심을 끌었다.

이 보광사 대불을 조각한 후에 그의 이름이 점차 알려지기 시작했다. 그 이후에 부산 옥련선원의 미륵 좌상과 서울 아차산 화양사 미륵불 입상을 조각하였다. 특히, 옥련선원의 미륵 좌상은 약 15m 높이의 미륵 대불로서 좌불로는 국내에서 가장 크다. 이들 조각을 마친 지 얼마 되지 않아 그에게 또다시 대불을 조성할 기회가 찾아왔다. 그것은 세계 최대 규모의 석불인 대구 동화사 약사여래

---

23) 『보광사』 홈페이지, http://www.bokwangsa.net.

부산 옥련서원 사자상

입상을 조각하는 것이었다.

세계 최대의 석불, 동화사 약사여래입상을 조각하다.

1990년에 그에게 조계종 총무원으로부터 연락이 왔다. 대구 동화사에 30미터가 넘는 대불을 조각해 달라는 것이었다. 동화사가 있는 팔공산은 신라시대부터 오악五岳 가운데 하나인 부악父岳으로 추앙받던 민족의 영산靈山이자 약사신앙의 중심지로서, 팔공산 곳곳에는 수많은 약사여래상이 모셔져 있다. 동화사에서 조성된 약사여래대불藥師如來大佛은 우리 민족의 숙원인 통일을 하루 빨리 성취하고 분단의 아픔을 해소하여 민족 대화합을 이루어 내기 위해 발원된 것이다.

이 대불은 좌대 높이만 13m이고 전체 높이는 33m에 달한다. 전체 높이가 33m에 이르러 석조 불상으로는 세계최대의 규모이다. 불상에 들어간 원석만 약 2천 톤이 들었고 좌대 원석은 약 3천 톤이 들어갔다. 이 원석들은 전북 익산에서 조달한 황등석이다. 1990년 10월 26일에 착공하여 1992년 11월 27일에 점안대법회

자애로운 보살 미소를 닮아간 박찬봉

파주 보광사 대불

를 봉행하였다.[24] 점안식을 할 때는 김대중, 김영삼, 정주영 등 대권 후보들이 대거 참여하는 성황을 이루었다. 마지막 선거 유세장을 방불한 정도로 굉장했다고 한다.

박찬봉은 점안식이 끝난 후에도 석탑과 석등 등 추가 작업을 위해 2~3년 동안 더 일을 해야 했으니 동화사 전체 작업에 4~5년이 걸렸다. 작업을 할 때 군인들이 와서 작업을 도왔고 전문 석공들도 적을 때는 4~5명, 많을 때는 10여 명이 함께 작업을 하였다. 작업이 진행되는 동안 총 10억 정도를 받아 작업을 진행했다. 그러나 일이 끝난 다음에 밑에 두었던 석공과 인부들 인건비 등 소요된 금액을 제하고 나니 당시 구리에서 집 한 채가 3억 정도였는데 집 한 채 값이 채 안 되었다고 한다.

동화사 대불 조각을 성공적으로 마치자 전국의 사찰에서 주문이 쇄도하였다. 그렇게 하나하나 만들다 보니 그가 만든 석불은 파주 보광사, 대구 동화사, 경주시 복두암, 부산 옥련선원, 서울 화양사, 울릉도, 김제 금산사 등 전국 사찰에 100여 점이 봉안되어 있다. 2000년 경에 경기도 광주 곤지암(이선리 423-2)에 '석장 전수관'이라는 작업장을 마련하고 지금에 이르고 있다.

---

24) 「동화사」 홈페이지, http://www.donghwasa.net.

동화사 약사여래대불

석조 문화의 역사와 조각의 과정

여러 공예의 재료 중에 가장 연원이 오래된 것이 석재이다. 이러한 석재를 이용해 형성해 온 문화를 석조 문화라고 한다. 이 석조 문화는 전 세계적으로 퍼져있고 역사도 오래되었다. 그런데, 다른 조형 문화에 비해 다양성을 지니지 못했다는 특징이 있다. 그 이유는 석재가 지닌 강도로 인해 건축물이나 종교적 조형물에 국한되어 전승되어 왔기 때문이다.[25)]

한국의 석조 문화는 삼국시대에 불교가 전래되면서 본격적으로 발전하게 된다. 불교에서는 전각 외에도 불상과 탑 등이 필수적인 조형물이다. 초기에는 이들 조형물이 주로 목재나 금속재로 만들어졌는데 이렇게 만들어진 불상이나 탑은 내구성이 약하고 화재에 취약하다는 단점이 있었다. 경배의 대상으로서는 치명적인 약점이었다. 따라서 점차 영원성을 지니는 석조물로 대체하게 되었다. 특히, 석불은 주로 야외나 습기가 많은 자연 동굴 같은 곳, 염분이 많은 바닷가 등에 세워졌다.

석조 문화는 불교 조형뿐만 아니라 무덤, 성곽 등 다양한 방면에서 발전하였고 이들 작업을 행하는 전문 집단도 분화·발전하

25) 국립문화재연구소 편, 앞의 책, 10쪽. 이하 석조 문화와 조각 과정에 대한 설명은 이 책을 참고하였다.

자애로운 보살 미소를 닮아간 박찬봉

통도사 서축암 수조

였다. 이들이 바로 석장石匠이다.

　석장들은 석재를 채취하고 다듬는 데 다양한 도구들을 사용한다. 길이를 잴 때 사용하는 자는 나무자와 철자가 있다. 'ㄱ'자 모양으로 생긴 곡자曲尺와 예각을 잴 수 있는 연귀자緣歸尺 등이 있다. 돌을 자르기 위해서 사용하는 도구가 쐐기이다. 석재를 자를 때는 석재에 구멍을 뚫은 후에 이 구멍에 쐐기를 박으면 틈새가 벌어진다. 고대에는 나무쐐기를 사용했다고 하나 철이 보편화되면서는 대부분 철쐐기를 사용하게 됐다. 석재에 선을 긋는 도구로는 먹줄과 먹칼, 붓 등이 있다. 쐐기를 박거나 석재를 다듬는 망치를 '메'라고 한다. 메는 크기에 따라 큰메, 중간메, 작은메 등이 있다. 석재의 필요 없는 부분을 떼어낼 때 사용하는 것으로 털이개가 있다. 털이개는 메의 형태와 비슷하지만 한 쪽에만 날이 있어 세심하게 다듬을 때 이 날을 사용한다. 정은 돌을 채취하거나 떼어낼 때 그리고 다듬을 때 사용한다. 쇠를 담금질하여 끝을 뾰족하게 하고 다른 끝은 뭉뚝하게 만들었다. 다듬을 부분에 뾰족한 부분을 대고 뭉뚝한 부분을 메로 쳐서 돌을 다듬는다. 정으로 거칠게 작업이 된 석재의 표면을 곱게 쪼아 낼 때는 도드락망치를 사용한다. 도드락망치의 머리에는 뾰족하게 튀어나온 날이 서 있어서 돌을 때리면 날눈의 형태대로 도드라지게 줄을 이루면서 표면이 곱게 다듬어진다.

석장들이 석불을 조각할 때는 제일 먼저, 전체적인 형태나 크기 등을 구상을 해야 한다. 그 다음은 재료나 가공 방법, 구조 등에 대한 초안을 작성한다. 그 다음에는 도면을 작성한다. 도면에는 작품 형태뿐만 아니라 세부적인 특징, 치수 등이 표시되어야 한다. 도면이 작성되면 이에 따라 모형을 제작한다. 모형은 흙이나 석고를 사용해서 작품을 먼저 만들어보는 과정이다. 모형이 완성되면 모형의 비율을 평면으로 옮기는 모형 본뜨기를 한다. 모형의 중심선을 잡고 일정하게 등분을 한 다음 이를 그대로 평면으로 옮긴다. 이렇게 그려진 본은 다시 실제 작업할 석재에 비율을 계산하여 옮겨 그린다.

자애로운 보살 미소를 닮아간 박찬봉

전수조교 김영탁씨(왼쪽)와 함께

그 다음에는 본격적으로 불상 제작이 시작된다. 다듬질은 메다듬, 털이개다듬, 정다듬, 도드락다듬, 잔다듬의 순서로 진행된다. 불상은 대개 뒷면을 먼저 조각하고 그 다음에 앞면을 조각한다. 잔다듬 과정까지 마치면 불상의 눈동자, 입술 등 세부적인 부분을 곱게 가공하는 과정이 남았다. 이 과정을 물갈기 혹은 광내기라고 하는데 숫돌을 석재 표면에 문질러서 표면을 매끄럽게 하는 것이다. 불상의 눈동자나 입술 등에 채색을 할 경우에 물갈기를 하면 색감이 보다 뚜렷하고 좋아진다. 이렇게 하면 불상이 완성된다. 마지막으로 불상을 올릴 대좌와 부처 머리 위에 올릴 보개 등을 제작하고 이를 결합하면 모든 작업은 끝이 난다.

이처럼 석불의 제작 과정은 세밀한 기술이 필요하기도 하고 강도 높은 노동이 요구되기도 한다. 석장들은 사방으로 튀는 돌조각과 뿌옇게 흩날리는 돌가루와도 싸워야 한다. 그래서 오랫동안 석공 일을 한 석장들은 대체적으로 고질적인 직업병을 앓는다. 박찬봉 역시 오랫동안 돌을 조각하면서 폐에 쌓인 돌가루 때문에 진폐증을 앓고 있다. 지금도 계단을 오를 때는 숨이 차다. 오랜 망치질로 오른쪽 어깨 통증도 심하다. 그래서 석공들의 수명이 대체로 짧다고 한다.

"폐에 돌가루가 쌓여 있잖아. 진폐. 요즈음은 단단히 마스크 쓰고 하지만 그 당시에는 그런 게 어딨어? 그리고 석

자애로운 보살 미소를 닮아간 박찬봉

공이 힘들어. 요즘 일거리도 없고. 하도 해가지고. 어깨 아
파가지고 시술도 하고 뭐. 폐에 돌가루가 쌓여 있잖아. 지
금. 삼척 탄광에 막장에서 탄 개던 사람들이 진폐. 다 걸
려 있잖아. 그거랑 똑같은 거예요. 석공도 미세한 돌가루
가… 계단 같은 거나. 폐도 나왔지만은 경사진 데 올라가
는 게 힘들고. 60대 초반에 죽은 사람이 많아요."

박찬봉은 요즘같이 일이 없을 때는 탁구 등 운동을 배우러
다닌다. 아무래도 건강이 걱정되기 때문이다. 남은 생에 꼭 이루고

복두암 16나한상 일부

싶은 일들은 많이 있지만 오랜 세월동안 쌓여온 돌가루는 그 일들을 실행하는 데 큰 걸림돌이 되고 있다.

석조의 꽃, 대불 조성

대불은 통상 여러 돌 조각을 붙여서 완성한다. 박찬봉이 조성했던 대구 동화사 대불은 발부터 얼굴까지 9조각이 올라갔고 오른쪽 팔은 따로 조각해서 접합을 시켰으니 총 10조각이 합쳐진 것이다. 가장 큰 돌이 어깨와 이마까지 부분으로 약 150톤 정도의 돌이 들어갔다. 이 돌을 가져올 때는 익산에 있는 돌산에 가서 몇 달 동안 돌을 깎아 무게를 줄였고 대구 동화사까지 운반하는 데만 열흘이 걸렸다. 돌 조각들을 쌓아 올릴 때는 크레인을 이용해 올리는데 돌과 돌을 연결하는 작업이 쉽지가 않다. 이때는 석재 중간에 구멍을 뚫고 이 구멍으로 쇠줄을 통과시켜 위·아랫돌을 고정시켰다. 돌을 모두 쌓아 올린 다음에는 쇠줄을 빼낸다. 대신에 돌 조각들이 안정적으로 연결되게 하기 위해 위·아래 단면에 3개씩 심을 박아서 연결해 놓는다. 이렇게 해 놓으면 혹여 지진이 나더라도 통째로 넘어지면 넘어졌지 허물어지지는 않는다고 한다.

자애로운 보살 미소를 닮아간 **박찬봉**

문제는 이렇게 돌과 돌을 연결하기 때문에 틈이 보일 수밖에 없다. 그렇지만 되도록 틈이 보이지 않게 마감을 해야 하는데 이것 역시 쉽지는 않은 일이다. 이 과정도 섬세한 작업을 요한다.

"스님이 '될 수 있는 한 틈을 적게 해가지고 외부에서 보면 돌 하나 같이 해라.' 지금도 보면 자세히 보면은 연결부위가 좀 떨어져 보일 수 있지만 처음에는 '저거 통돌로 했나?' 이런 소리를 많이 했어. 관광객들도. '될 수 있는 한 연결 부위를 아주 축소를 해라.' 그래서 돌 하나를 설치하는데 들어가지고 대보고 또 갈고 또 대보고 갈고. 그래서 애를 많이 먹었어. 무조건 틈이, '외부에서 볼 때 돌 하나 같이 보이게 해라. 무조건 완벽하게 해라.' 돌 하나 설치하는 데 한 일주일씩 걸렸지."

이처럼, 돌을 올려 틈이 보이면 다시 내려서 다듬은 다음 다시 올려 보는 작업을 반복해야 한다. 하나 연결할 때마다 일주일 정도가 걸렸다고 하니 그 과정이 얼마나 지난했는지 알 수가 있다. 대불 조성을 할 때는 보통 5~6명에서 10명 정도의 석공이 참여한다. 낙산사 대불의 경우에는 평균 6명 정도가 참여했다.

불상은 경배의 대상이기 때문에 불상을 조각할 때도 경건함을 유지해야 한다. 이를 위해 돌산에서 돌을 가져와 부처를 조각하기 전에는 의례를 꼭 행한다. 장차 부처가 될 돌 앞에 촛불을 켜 놓고 과일도 차려 놓고 기도를 드린다. 무사히 작업을 마칠 수 있게,

천개사 약사여래 입상

생명이 없는 바위가 온화한 부처로 다시 태어날 수 있도록 기원하는 것이다.

작업을 할 때는 그 과정이 일반 신도들에게는 공개되지 않는다. 불상에 금박을 입힐 때에도 금줄을 쳐 놓고 주지스님 외에는 출입을 금지했다. 이렇게 불상이 완성되기 전에 공개되는 것을 극히 꺼리는 이유는 불상은 경배의 대상이기 때문이다. 채 완성이 되지 않은, 미완의 부처를 신도들이 보게 되면 그 존엄성이 떨어질 수 있음을 경계한 것이다.

고성 문수사 보현암 석조삼존좌불상

작업을 하는 동안은 석공들도 여러 가지 금기를 지켜야 한다.
마음가짐은 물론이고 몸가짐과 음식까지도 정결하게 해야 한다.

> "석공들도 그래요. 첫째로 하는 말은, 부부 생활 하지 말
> 고, 될 수 있으면 육고기 좀 덜 먹고. … 심지어 천태종 같
> 은 경우에는 날 좋은 날만 일하라고 시킵니다. '비 오고
> 궂은 날은 일 하지 마라.' 부처님 조각할 때, 천태종에서
> 그렇게 시킨대요. '날 좋은 날만 조각을 해라.' 예배의 대
> 상을 조각하니까 그만큼 정성을 쏟으려는 뜻이죠."

박찬봉이 낙산사에서 일할 때였다. 당시 20대 후반으로 한참
때였다. 식사는 절에서 해 주는 밥으로 해결했다. 아침 일찍 사과
상자에 밥을 담아 현장에 가져다주면 그것을 먹고 일을 했다. 그런
데 아침 일찍 일어나 연장을 벼르다 보면 식사가 늦어지기 일쑤다.
그러면 밥도 식고 국도 식어서 도저히 입맛이 나지를 않는다. 더구
나 여름에는 땀도 많이 나고 하도 힘이 들어 하루는,

> "스님, 우리가 아무리 젊어도 이렇게 먹고는 도저히 힘들
> 어서 일을 더 못하겠습니다."

하니, 주지 스님이 신도들에게,

> "안 되겠다. 애들 고기 좀 먹여야겠다. 고기 좀 싶어 와라."

자애로운 보살 미소를 닮아간 박찬봉

그렇게 고기가 올라오면 현장에서 멀리 떨어진 곳에 가서 고기를 먹고 일을 하기도 했다. 이처럼, 경배의 대상인 부처를 조각하는 일은 정신적으로나 육체적으로 무척 고되고 금기가 심하였다. 그래서 부처를 그리거나 조각하는 장인들을 불모佛母라고도 하지 않던가?

불상이 마침내 완성되면 마지막으로 점안點眼 의식을 거행한다. 점안 의식은 개안開眼 의식이라고도 하는데 부처의 눈을 붓으로 그리는 의식을 말한다. 점안식을 할 때는 부처님 얼굴에 고깔을 씌운 다음 예불을 진행한다. 그 다음 거울로 부처님 몸체에 빛을 비추며 붓으로 부처님 눈에 눈동자를 그리는 시늉을 한다. 그리고 고깔을 벗겨 내면 점안식이 끝난다.

점안 의식을 하기 전에 복장服裝 의식을 먼저 거행한다. 복장 의식이란 불상의 내부에 종교적인 물품을 안치하는 것을 말한다. 이 복장 물품 중에 핵심적인 것은 후령통喉領筒이란 것인데 그 안에는 사리를 비롯해 오보병五寶甁, 오곡五穀, 오보五寶, 오약五藥, 오향五香 등 오방과 세상에서 얻어지는 진귀한 물품들이 들어간다. 후령통 외에도 각종 다라니를 적은 진언眞言과 경전, 비단 천을 비롯한 복식 등이 들어가는데 이를 통칭하여 복장이라 한다. 이러한 복장 물목은 복장 의식을 통해 생명력을 가지며 성물로서 신성성을 가

진다.[26)]

　　부처상을 좌대에 올리기 전에 좌대에 구멍을 파서 복장 유물을 넣는다. 입상인 경우는 부처 등 부분에 구멍을 판다. 요즘에 복장할 때는 불상 조성의 연혁과 시주자 명단, 불상을 조각한 석공 이름 등을 동판에 새겨서 넣는다. 그 다음에야 스님들이 점안 의식을 한다. 점안을 하기 전의 불상은 하나의 돌에 불과하다. 점안 의식을 해야 완전한 부처님이 되는 것이다.

　　이렇게 대불 작업을 할 때는 온통 그 일에만 집중을 해야 한다. 그렇지 않으면 종종 인사 사고도 발생한다. 작업을 하다가 사고가 나면 부처님을 조각하면서 정신을 집중하지 않아서 그렇다는 소리를 듣기 일쑤이다.

> "불상 조각을 하다가 사고가 나서 죽을 수도 있어. 옛날에 설악산 신흥사에 청동불을 할 때 청동불은 먼저 석고로 모형을 만들어야 하잖아. 그거 하다가 한 명 떨어져 죽어 버렸어. 그러면은 스님들이 하는 말이, '저 사람 정성을 안 쓰고 일하다가 사고 났다.' 스님들이 심한 말을, 그런 식으로 하는 거야. '부처님 조각하면서 정성을 안 쓰고 일하다 사고 났다.' 이 소리 듣기 싫어가지고 불상 조각할 때는 불상 조각할 때는 굉장히 조심해야 돼. 그러니까 스트레스

26) 한국학중앙연구원 편, 「복장」, 『한국민족문화대백과사전』, 한국학중앙연구원, http://encykorea.aks.ac.kr/Contents/SearchNavi?keyword=복장&ridx=0&tot=197.

이처럼, 사고의 위험도 감수하면서 좋은 불상을 만들기 위해 혼신의 힘을 다 쏟고 나면 그만큼 빨리 늙는다고 한다.

"몇 년간 할 일을 절에서 다 해버리잖아. 대구 동화사도 불상 하나만 했나? 탑 했지. 석등 했지. 또 탑 옆에 사자 만들어 줬지. 불상 하나만 한 게 아니거든. 동화사도. 불상 몸체 해주고. 동화사 탑이 두 개라. 하나는 조각이 들어가 있고 하나는 조각이 안 들어갔어. 조각 안 들어간 거는 내가 안 한다 해서 다른 사람이 하고. 조각 들어간 거는 내가 한 거야. 높이가 22미터야. 동화사. 불상 몸체는 내가 하고. 탑 옆에 사자 여덟 마리도 내가 만들어 주고. 숫자는 몇 개 안 되지만 일이 많잖아. 크고. 그럼 몇 년간 사는 거죠. … 근데 사람이 큰일을 하면 빨리 늙어 버려. 돈도 돈이지만. 그만큼 그 일을 하는 동안에 혼을 쏟아 버리잖아."

대불을 만들기 위해서는 짧게는 2~3년, 길게는 5~6년이 걸리니 그 과정이 얼마나 지난하고 고생스럽겠는가? 생명 없는 차가운 돌을 마치 피가 도는 듯한, 생생한 부처의 모습으로 탈바꿈시키기 위해서는 경건한 불심佛心과 예술에 대한 열정이 있어야 한다. 이것이 없다면 불가능한 역사役事가 아니겠는가?

석불의 재료가 되는 여러 돌의 종류

우리나라에는 화강암이 전국적으로 분포되어 있다. 화강암의 종류도 200여 종이 있으며 그 중에 가장 양질의 화강암은 익산 지방에서 생산되는 황등석으로 알려져 있다. 우리나라에서 가장 오래된 석탑인 미륵사지 석탑도 익산의 황등석으로 만들어진 것이다.[27]

박찬봉이 큰 불상을 조각할 때는 대부분 전라도 익산의 황등석을 사용한다. 익산 황등면에서 나온다고 해서 황등석이다. 황등석의 장점은 큰 돌을 깎아내더라도 중간에 검은 색이 잘 나타나지 않는다는 것이다. 부처님 얼굴을 조각하다가 만약에 검은 색이 나타나면 정말 난감한 상황이 되는 것이다.

"큰 불상에는 거의 지금 전라도 황등석을 썼어. 익산에서 생산되는 황등석. 그 돌이, 큰 돌을 채석해도 안에 꺼먼 점, 이런 게 잘 안 나타나. 일 다 해놓고 얼굴에 이렇게 크게 나타나면 못 쓰잖아. 근데 가끔 등어리 쪽에 나타날 수가 있거든. 그러면 스님들한테 얘기 하는 거야. '스님, 요 뒤에 깜장 서가 나오는데요?' 그러면, '전면 아니니까, 큰 돌 운반하기도 힘들고 재료 구하기도 보통잖고.'"

---

27) 국립문화재연구소 편, 앞의 책, 28쪽.

이처럼 대불을 조각할 때는 황등석을 주로 썼고 작은 불상은 보령의 돌을 주로 사용한다. 보령에는 애석艾石이 유명했다. 애석도 쑥색이지만 쑥돌보다 더 강하다.

경주지역에서 나는 돌 중에 핑크색이 나는 돌이 있다. 경주에는 원래 채석장이 별로 없었는데 공사를 하면 땅 속에서 고구마처럼 덩어리 돌이 나왔다. 그 돌을 가져다가 조각에 사용하게 되었다. 이 돌의 특징은 금방 조각을 해 놓으면 핑크색이 나서 따뜻한 느낌이 난다. 석굴암 부처님이나 남산의 불상도 모두 이 경주 돌로 만든 것이라 약간 핑크색이 돈다고 한다.

경주에서는 불석도 많이 났다. 이 돌은 경주 기림사 인근에서 나는 돌인데 물러서 칼로도 조각이 되는 돌이다. 박찬봉의 스승인 권정환 선생이나 스승의 큰형인 권정두 선생도 이 불석을 가지고 조각을 많이 했다. 평창 월정사 적광전 석가모니불은 권정두 선생이 이 불석으로 만든 것이다.

옥으로 불상을 조각하기도 한다. 서울 서초구 관문사 옥불전의 백옥불은 박찬봉의 스승인 권정환의 둘째 형님 권정학이 조성한 것인데, 미얀마 백옥을 수입하여 조각한 것이다.

충청도에는 까만 오석이 많이 난다. 천안에는 쑥돌이 많이 난다.

묵호항 사문선원 미륵불좌상

서울에는 종암동 진석산(개운산)에서 돌이 많이 났다. 이 돌들은 건물을 지을 때 벽에 붙이는 돌이나 창문 밑에 붙이는 돌 등 건축 자재로 많이 사용되었다. 박찬봉도 서울에 처음 올라 왔을 때 제기동에 하숙집을 잡아 놓고 종암동 돌산에서 작업을 하기도 했다.

예전에 돌을 캘 때는 지금처럼 중장비가 없으니 모든 것을 인력으로 했다. 돌산에서 흙을 삽으로 파내다가 돌 덩어리가 보이면 돌 표면에 구멍을 뚫는다. 구멍에 쇄기를 박아 깬 다음 인력으로 산 아래까지 굴려서 내려온다. 그 다음 소 달구지에 돌을 싣고 마을까

자애로운 보살 미소를 닮아간 박찬봉

지 옮겨왔다. 마을에서는 곳곳에 천막을 치고 석공 작업을 했다.

오랜 수련을 거쳐 완성한,
은은하고 자애로운 불상의 미소

불상 조각에서 가장 어려운 부분이 얼굴이다. 부처의 얼굴을 잘 조
각하기 위해서는 오랜 수련 과정이 필요하다.

> "그런 것은 교육을 해서 되는 거는 아니고. 우리가 하는
> 말로 불상을 조각할 때 제일 중요한 것은 얼굴이거든. 그
> 런데 또 불교미술 중에서도 금강역사하고 사천왕은 울퉁
> 불퉁하잖아? 얼굴이. 그런 거를 아무리 잘 해도, 불상 얼
> 굴은 굴곡이 없고 맷맷하단 말이요. 맷맷한데도 제일 어
> 렵다고 하는 게, 불상 얼굴을 하기 어렵다고 하거든. 우리
> 일하는 입장에서. 그래서 하는 말이 똑같은 얼굴을 만들
> 어 가지고 옆에다 가져다 놓고 '요거 보고 그대로 만들어
> 봐라' 해도 안 되는 거가 불상 얼굴이야. 비슷하게는 되
> 지. 그래서 그거는 많이 혼자서 연습을 하고. 남의 작품
> 도 구경하고, 또 스님들이 '어떻게 어떻게 해주시오' 하는
> 조언도 포함하고. 결국은 말로 표현하기 어려운 수련 과
> 정이라."

목아박물관 보살사유상

　　스승인 권정환 선생의 불상은 근엄하고 위엄이 있는 편이다. 그런데 그가 만든 불상은 "참 미소가 은은하고 좋다." 라는 소리를 많이 듣는다. 그는 이와 같은 평판을 좋아한다. 그것이 그가 추구하는 부처의 미소이기 때문이다.

　　불교 조각은 다른 조각에 비해 까다롭고 어렵다. 불상은 다른 조각과는 달리 경배의 대상이기 때문이다. 박찬봉은 좋은 불상 조각이란 불자가 보든, 불자가 아닌 사람이 보든 부처님이 인자하고 보기 좋은 얼굴이어야 한다고 말한다.

통도사 옥련암 보현문수보살상 세부

"전통문화재조각회 회원들이 전국 사찰에 왔다 갔다 하
면서 일 년에 한 번씩 문화재 관람 겸 해서 사찰에 가거
든. 부산 하고 충청도 하고 경기도 하고… 회원은 한 80명
되지만은 일 년에 한 번씩 문화재 답사가자 하믄, 일박 어
일로 가거든. 그러면 한 4~50명씩 모여. 근데 한 번은 해
인사를 갔어. 그때 주지스님이, 우리 회원들이 한 멫 십
명 가니까 법문을 해주는 거야. '당신들이 부처님 조각하
는 사람들이니까 불교 신자만 좋아하는 불상을 만들지
말고 기독교인도 좋아하고, 그냥 무신론자도 보고 좋아
하는 그런 부처님을 만들어라.' 그런 말씀을 한 번 해 주
더라고."

이러한 스님의 말씀은 이후 그가 불상을 조각할 때 궁극적
으로 추구하고 싶은 부처의 모습으로 자리잡게 되었다.

박찬봉은 석불에 전혀 색깔을 칠하지 않는다. 어떤 석불은
입술이나 눈썹에 색깔이 칠해진 경우가 있지만 그는 칠을 하지 않
는 대신에 좋은 재료로 그 모습을 그대로 나타낸다.

"옛날에는, 요즘도 가끔씩 석불로 얼굴을 하면은 눈썹도
그리고 입술도 빨갛게 칠을 하는 사람이 있어요. 우리는
그게 싫어가지고 그냥 좋은 재료를 가지고 그대로. 돌 그
대로. 나는 칠을 안 하거든. 옛날에 왜 칠을 했는가 하면
은 경주 남산에 바위에 조각을 해놓고, 석굴암 부처님도
입술에 빨갛게 칠한 흔적은 있잖아요? 남산에도 마애불
해가지고 칠한 경우는 바위 결함이 있어서 그것을 메꾸거

그는 한국의 불상 중에 경주 남산 보리사 석불을 단연 최고
로 꼽는다. 이 석불은 보물 제136호로 통일신라시대 때 조성되었
다. 불상 높이가 2.44m, 대좌 높이가 1.92m로서 '보리사지석불좌
상菩提寺址石佛坐像'이라고도 불린다. 대좌와 광배光背를 모두 갖춘 완
전한 불상으로서 원래는 법당에 봉안되어 있었겠지만 현재는 야외
에 모셔져 있다. 보존 상태도 비교적 좋은 편이고 8세기 불상의 세
련된 불격佛格을 사실주의 조각으로 성공시킨 당대의 역작으로 높
이 평가된다.[28]

박찬봉은 이 보리사 석불이 석굴암 부처님보다도 더 좋다고
한다. 그 이유는 보리사 부처님의 미소가 좋기 때문이다. 석굴암 부
처님은 얼굴이 근엄하지만 보리사 부처님은 미소가 편안하고 얼굴
자체가 동안이라고 한다.

"경주 남산 보리사 부처님이 신라 때 만든 부처님 중에서

28) 「경주 남산 미륵곡 석조여래좌상」, 『한국민족문화대백과사전』,
http://encykorea.aks.ac.kr/Contents/Item/E0002843.

자애로운 보살 미소를 닮아간 박찬봉

박찬봉 장인의 작업실 겸 전시실

석굴암 부처님보다도 더 좋아. 우리는. 미소가 좋아. 얼굴
자체가 동안이야. 동안. 석굴암 부처님은 좀 근엄한 면이
있고. 학자들은 아주 온화하고 하지만 석굴암 부처님
은 근엄한 기가 있거든. 분위기가 굴속이니까. 근데 경주
남산은 법당이 따로 있고 그 옆에 있는데. 보리사 부처님
은 아주 평온해."

이처럼 박찬봉은 근엄하고 경건한 부처님의 모습보다도 평온
하고 온화한 모습을 좋아한다. 그가 좋아하는 부처님의 모습을 이
제는 자신이 닮아가도 있다. 허연 백발의 머리에 적당히 살집이 있
는 얼굴과 풍채에서 넉넉함과 온화함이 묻어난다. 그에게는 자신

의 석공 일을 물려 줄 전수조교로 김영탁(58세) 씨가 있다. 김영탁 씨는 스승을 도와 일을 하다가 일이 없을 때는 고향 웅천에서 작은 작업장을 운영하며 생활하고 있다.

50년 평생을 석장으로 살아 온 박찬봉은 이제 눈도 어둡고 폐병이 가슴을 괴롭히니 이제는 편안하게 쉬고 싶다는 게 그의 소박한 소망이다.

김 태 우 경희대 민속학연구소 연구원

1949년: 경남 산청군 차황면 상중리 출생.

1955년: 7세 때 부친이 남해군의 저수지 공사를 위해 남해군으로 이사함.

1958년: 9세 때 초등학교에 입학함.

1961년: 초등학교 3학년 때 함안으로 이주함.

1964년: 14세 때 졸업 후 울산 약국 점원으로 취직. 부산 고아원에 들어감.

1968년: 20세 때 고아원을 나와 부산 석공장에서 석공에 입문함.

1972년: 24세 때 마산 석공장에 취직함. 스승 권정환 선생을 만나 낙산사 해수
　　　　관세음보살 제작에 참여함.

1975년: 27세에 결혼함.

1976년: 대한민국 불교미술대전전람회 특선.

1977년: 낙산사 해수관세음보살 완성.

1979년: 서울 석재 공장을 다님.

1980년: 독립하여 석공 일을 맡아서 하기 시작함.

1981년: 파주 보광사 석불 제작.

1990년: 부산 옥련선원 미륵 좌불, 서울 화양사 미륵불 입상 조각.

1990~1992년: 대구 동화사 약사여래입상 제작.

2000년: 경기도 광주 곤지암에 '석장 전수관' 건립.

2005년: 경기도 무형문화재 제42호 석장으로 선정.

2006년~현재: 전통문화재조각회 회원전, 기능인협회 회원전 등 다수 참여.
　　　　　　경기도 공개행사 시 전시회 연 1회 공동 개최 시 참여.

2017년: 경기도 문화유산 활용 유공 표창.

참고 문헌

『경기G뉴스』.

『낙산사』홈페이지.

『동화사』홈페이지.

『보광사』홈페이지.

『불교신문』.

국립문화재연구소 편,『석장』, 국립문화재연구소, 2009.

한국학중앙연구원 편,『한국민족문화대백과사전』.

자애로운 보살 미소를 닮아간 **박찬봉**

경기도의 예인과 장인

초판 1쇄 발행 2018년 12월 18일

발 행 처 **경기문화재단** GreongGi Cultural Foundation
    (16488 경기도 수원시 팔달구 인계로 178)

기   획 경기문화재연구원 경기학연구센터

집   필 김태우, 류영희, 박유선

편   집 디자인 구름 (전화 02-6439-6006)

인   쇄 디자인 구름

ISBN 979-11-965669-0-6 03810